Die Festung des Paschas
Ein Henry du Valle Roman
Mirco Graetz

AF282477

Schon kurz nach seiner Hochzeit wird Commander Henry du Valle mit seiner Sloop Mermaid zurück ins Mittelmeer beordert. Auf See ist die Royal Navy zwar die uneingeschränkte Herrscherin, doch an den Küsten sind ihre Feinde auf dem Vormarsch. Besonders der junge französische General Napoleon Bonaparte eilt in Ägypten von Sieg zu Sieg. Als er sich nach Norden wendet, scheint ihn niemand aufhalten zu können. Im alten Kreuzfahrerhafen Akkon stellt sich ihm Kommodore Sir Sidney Smith entgegen. Henry du Valle soll ihn in seinem Kampf gegen die französische Übermacht unterstützen.

Mirco Graetz

Die Festung des Paschas

Ein Henry du Valle Roman

Bibliografische Information der Deutschen Nationalbibliothek:
Die Deutsche Nationalbibliothek verzeichnet diese Publikation in der Deutschen Nationalbibliografie; detaillierte bibliografische Daten sind im Internet über http://dnb.dnb.de abrufbar.

Lektorat: Ulli Hainsch

Herstellung und Verlag: BoD – Books on Demand, Norderstedt

ISBN: 9783758315626

1

Kurz bevor der Wingham River die gleichnamige Ortschaft erreicht, überspannt seit Menschengedenken eine kleine Steinbogenbrücke das Flüsschen. Während der normannischen Eroberung Englands hatte diese Brücke für einen gewissen Zeitraum eine militärische Bedeutung, die dazu führte, dass in ihrer Nähe eine kleine Burg errichtet wurde. Zunächst aus Holz gebaut, bekam sie später einen steinernen Wohnturm. Mit dem Verlust ihrer strategischen Bedeutung verschwand auch die Burg und nur der Wohnturm überdauerte die Zeiten. Zunächst diente er dem Landbesitzer als Wohnung, weshalb der Turm noch einen Anbau erhielt. Später wurde das Land verpachtet und der Besitzer zog nach Deal[1], den Turm sich selbst überlassend.

Zu Beginn des Jahre 1798 kaufte Henry du Valle, ein aufstrebender junger Offizier der Royal Navy, das Anwesen. Eigentlich stammte er von der Kanalinsel Guernsey, doch um näher bei seiner Braut Annika und den Flottenstützpunkten der Kanalküste zu sein, brauchte er ein Haus in der Grafschaft Kent. Da er kein Interesse daran hatte, selbst die Ländereien zu bewirtschaften, wurden die Verträge mit den Pächtern verlängert und er konzentrierte sich voll auf den Umbau von Knights Manor, wie das Anwesen hieß.

---

[1] Stadt an der Straße von Dover, damals ein wichtiger Kriegshafen

Viel Zeit blieb ihm nicht, denn er bekam den Befehl, mit seiner Sloop[2] *Mermaid* für eine Aufklärungsmission ins Mittelmeer zu segeln[3].

So war es nun an seiner Braut Annika Janssen, Tochter des verstorbenen Hafenmeisters von Skaagen, die Umbauarbeiten zu beaufsichtigen. Henry ließ ihr vollkommen freie Hand, denn er war finanziell unabhängig, seit er neben anderen Prisen einen prall mit kostbaren Handelswaren beladenen holländischen Ostindienfahrer erobert hatte[4].

Als Henry du Valle nach einem dreiviertel Jahr nach England zurückkehrte, fand er ein fast fertiges Haus vor, das selbst höchsten Ansprüchen genügte. Ursprünglich hatte er geplant, einen zweistöckigen Flügel an den Turm anzufügen und den alten Anbau als Quartier für die Dienerschaft renovieren zulassen. Annika war mit dieser Lösung nicht glücklich, denn das Haus wirkte so wie unfertiges Stückwerk. Also wurde der alte Anbau abgerissen und ein zweiter Hausflügel entstand, der wie der erste aussah. So stand der alte Turm nun zwischen zwei modernen Flügeln, denen er als Übergang und Treppenhaus diente. Während der rechte Hausflügel die Wohn- und Schlafräume für Henry und seine zukünftige Familie enthielt, befanden sich im linken Flügel die Quartiere der Dienerschaft, die Küche und darüber die zukünftige Bibliothek.

Henry du Valle war mit dieser Lösung mehr als zufrieden. Nur wenige Tage nach seiner Rückkehr wurde Knights

---

[2] Hier zwei- oder dreimastiges Kriegsschiff mit weniger als 20 Kanonen, von einem Commander befehligt
[3] Siehe Band 3 „Verrat vor der Korsarenküste"
[4] Siehe Band 2 „Korsaren in der Ostsee"

Manor mit der offiziellen Verlobung eingeweiht, nachdem das Trauerjahr um Annikas Vater endlich zu Ende gegangen war. Die Verlobungszeit dauerte nicht lange. Noch vor Weihnachten wurde die Hochzeit gefeiert. Dafür wurde es im Haus zum ersten Mal richtig voll, denn neben Henrys und Annikas Familien nahmen auch Henrys Freund und Bordkamerad Joseph Townsend sowie Vizeadmiral Skeffington Lutwidge nebst Gattin an der Hochzeit teil. Das kinderlose Paar hatte Henry nach seiner schweren Verwundung vor einem Jahr in seinem Haus aufgenommen. Inzwischen betrachtete Henry die beiden fast als seine englischen Eltern.

Seit der Hochzeit waren inzwischen anderthalb Monate vergangen und der nasskalte englische Winter schien langsam von ersten Vorboten des Frühlings abgelöst zu werden. Henry war längst wieder im Dienst, doch er hatte das Glück, zum Downs-Geschwader in Deal versetzt worden zu sein. Das bedeutete zwar langweiligen Konvoidienst durch den Kanal, aber auch regelmäßige Besuche auf Knights Manor, das nur eine Reitstunde von Deal, dem Heimathafen des Downs-Geschwaders, entfernt lag.

Vizeadmiral Lutwidge hatte zum Jahresbeginn den Oberbefehl über das Downs-Geschwader übernommen und erteilte Henry regelmäßig die Genehmigung, nachts an Land zu schlafen. Kommandanten waren ansonsten verpflichtet, die Nacht an Bord zu verbringen.

Es wurde bereits dunkel, als Henry mit seinem Pferd, das er bei einem Fuhrunternehmer in Deal stehen hatte, die kleine Brücke überquerte. Hinter ihm lagen wieder zwei Wochen Konvoidienst, die ihn mit der *Mermaid* bis zu den

Scilly-Inseln geführt hatten. Im Haus brannte Licht. Als Henry die Auffahrt hinaufritt, kam ein Junge um den linken Flügel gelaufen. Das war Toby, der Stalljunge. Er nahm Henry die Zügel ab und führte das Pferd um das Haus herum zum Stall.

Henry du Valle nahm die zwei Stufen zur Haustür. Die Tür öffnete sich und er trat ein. „Willkommen zu Hause, Sir", begrüßte ihn Frank Roney, der Hausdiener, „Die gnädige Frau ist in der Küche." „Danke, Frank", antwortete Henry. Er ließ sich seinen Mantel und die Reitstiefel ausziehen und ging in die Küche. Henry war nicht überrascht, seine Frau dort zu finden; sie hielt nichts vom Müßiggang der feinen Gesellschaft.

Annika du Valle saß an einem kleinen Tisch neben dem großen Herd und hielt ein Schwätzchen mit Mildred Rooney, der Köchin. Als sie Henry sah, sprang sie auf und umarmte ihn. Henry erwiderte ihre Küsse und drückte sie fest an sich. Sein Gesicht versank in ihrem wallenden roten Haaren, die sie offen trug. „Wir haben Dich nicht so früh erwartet. Der Braten braucht noch eine Stunde", sagte Annika. „Dann haben wir ja noch Zeit", antwortete Henry lächelnd und zog sie hinauf in ihr Schlafzimmer.

Beim Abendessen war das junge Paar nicht mehr allein. Mutter Janssen saß mit am Tisch. Henry mochte seine Schwiegermutter, die er gefühlt schon sein ganzes Leben kannte. Wenn er früher mit seinem Vater in die Ostsee unterwegs war, machten sie immer wieder Station in Skaagen und Henry wohnte dann an Land bei den Janssens. Hier verbrachte er glückliche Tage und Annika war damals seine Spielkameradin gewesen. Als Mutter und Tochter nach dem Tode ihres Ehemanns und Vaters zurück in die Heimat der Mutter zogen, wo sie bei Mutter Janssens Bruder wohnten, war es Henry schon längst klar, dass auch die Schwiegermutter mit in seinem Haus wohnen würde. In Knights Manor bewohnte sie ein kleines Zimmer im Erdgeschoß, denn das Treppensteigen fiel ihr schon etwas schwer. Meist verbrachte sie aber die Tage an der frischen Luft, wo sie sich bemühte, hinter dem Haus einen kleinen Garten anzulegen.

Nach dem Schweinebraten mit karamellisierten Kartoffeln, einem Gericht, das die Frauen aus Dänemark mitgebracht hatten, wurde noch Portwein getrunken, so wie es Henry von den Essen an Bord gewöhnt war. Dabei berichtete er von seiner letzten Fahrt und dem ewigen Ärger mit renitenten Handelsschiffskapitänen. Die Frauen hörten Henry lächelnd zu. Diese und ähnliche Erzählungen kannten sie schon von den vorherigen Landurlauben.

Schließlich zog sich Mutter Janssen zurück und das junge Paar wechselte vom Speisezimmer in den Salon. Hier stand eine bequeme Couch. Henry legte seinen Arm um Annika und sah sie glücklich lächelnd an. Annika hatte noch eine wichtige Frage, die ihr auf der Zunge brannte: „Wie lange kannst Du bleiben, Schatz?" „Morgen Nachmittag muss ich wieder los. Skeffington hat mir nur eine Nacht bewilligt", antwortete Henry. „Hätte er nicht etwas großzügiger sein können?", fragte Annika. Henry lächelte etwas gequält und sagte dann: „Eigentlich muss jeder Kommandant an Bord übernachten, wie Du weißt. Wenn er schon ab und zu eine Ausnahme gewährt, darf er mich nicht besser behandeln, als seine anderen Kommandanten. Immerhin ist ja allgemein bekannt, dass wir befreundet sind." „Das weiß

9

ich doch, mein Liebling, aber trotzdem ist es schon hart, immer nur warten zu müssen", entgegnete Annika. Henry du Valle gab ihr einen Kuss und flüsterte ihr ins Ohr: „Lass uns jetzt nicht daran denken, wir haben noch die ganze Nacht vor uns."

2

Der jahrelange Dienst in der Royal Navy hatte Henry du Valle daran gewöhnt, auch nach einer sehr kurzen Nacht immer zur selben Zeit zu erwachen. Draußen war es noch dunkel und Annika lag schlafend neben ihm. Was war er doch für ein Glückspilz, so eine Frau gefunden zu haben. Ganz leise stand Henry auf und schlich sich nach nebenan ins Ankleidezimmer, wo Zivilsachen für ihn bereitlagen. Er zog sich an und ging anschließend die Treppe hinunter.

Leise öffnete er die Haustür und trat nach draußen. Die Vorderfront von Knights Manor zeigte nach Westen. Um den Sonnenaufgang sehen zu können, musste er also um das Haus herumgehen. Da der Mond noch nicht untergegangen war, brauchte er keine Laterne.

An der Rückseite des Hauses befand sich eine Terrasse. Eine Flügeltür führte vom Speisezimmer hierher. An der Terrasse begann ein Kiesweg, der schnurgerade bis zu einem kleinen Pavillon verlief. Rechts und links des Weges hatte Mutter Janssen Beete angelegt, die sie in wenigen Wochen mit Blumen und Sträuchern bepflanzen würde. Henry ging den Weg bis zum Pavillon. Der Kies knirschte unter seinen Reitstiefeln.

Der Pavillon war ein Holzskelett, das man mit Weinranken bepflanzen würde. Dann hätte man im Sommer hier ein kühles Plätzchen. Henry fragte sich, wann er zum ersten Mal hier sitzen würde. Er blickte zurück zum Haus. In der Wohnung der Rooneys flackerte ein Licht auf. Mildred Rooney hatte eine Kerze angezündet und würde sich jetzt wohl anziehen.

Im Osten kündigte sich der nahende Sonnenaufgang an. Auf einer hohen alten Eiche hinter dem Pavillon hatte eine einsame Amsel die Sonne aus ihrer erhöhten Position heraus wohl schon entdeckt, denn sie flötete vergnügt ihr Morgenlied. Die Antwort einer anderen Amsel vom Turm her zeigte Henry, dass die Amsel wohl doch nicht so einsam war.

Henry lächelte glücklich in sich hinein. Es war ein magischer Ort hier, so ganz anders als seine Inselheimat Guernsey. Auch wenn ihm seine Heimat fehlte, hier konnte er ein glückliches Leben mit Annika und hoffentlich vielen Kindern führen.

Plötzlich war ein leises Knarren zu hören. Die Stalltür wurde geöffnet und Toby trat aus dem Stall. Er schlief in einer kleinen Kammer über den Pferden. Henry hörte das freudige Schnauben und Wiehern der Pferde, als die frische Morgenluft in den Stall strömte. Nacheinander führte Toby die Pferde auf die kleine Koppel. Der Tag in Knights Manor hatte begonnen.

Henry ging den Kiesweg zurück zum Haus. Es wurde rasch heller und so konnte er nun erkennen, dass der Weg mit gelbem Kies angelegt worden war. Er umrundete das

Haus und sah, wie dichter Nebel über dem Flüsschen waberte. Da er sich vorhin keine Jacke angezogen hatte, begann Henry zu frösteln und er ging ins Haus. Frank Rooney empfing ihn mit einem vorwurfsvollen Blick in der Halle. „Sie werden sich noch den Tod holen, Sir", sagte er und zwang ihn förmlich in eine Wolljacke. Henry musste grinsen, denn an Bord der *Mermaid* führte sich sein Steward Jeeves auch immer wie eine verdammte Glucke auf.

In der Küche war es schon warm, denn Ruby, die Küchenhilfe, hatte den Herd längst angezündet. Auf dem Herd stand eine große Blechkanne, aus der es verführerisch nach Kaffee duftete. Mildred Rooney nahm die Kanne vom Herd und füllte eine riesige Steinguttasse mit dem heißen Getränk. Henry nahm die Tasse entgegen und wärmte seine noch immer klammen Finger daran. Dann pustete er in die Tasse und nahm einen ersten vorsichtigen Schluck. Verdammt, war das Zeug heiß!

„Passen Sie bloß auf, dass Sie sich nicht verbrennen", bemerkte Mildred Rooney überflüssigerweise. Henry brummte seinen Ärger in sich hinein. Wenn er etwas nicht leiden konnte, dann waren es Belehrungen, wie er seinen Kaffee zu trinken hatte.

Es klingelte. Mildred Rooney blickte kurz auf und sagte: „Oh, die gnädige Frau ist wach. Ich bringe ihr rasch ihre Schokolade." Henry schüttelte den Kopf und sagte: „Überlassen Sie das mir. Wer weiß, wann ich wieder die Gelegenheit dazu haben werde." Die Köchin sah ihn mit dem wissenden Lächeln einer erfahrenen Ehefrau an und gab ihm bereitwillig das kleine Tablett mit der großen

Tasse, die offenbar ein Pendant zu Henrys Kaffeetasse war.

Später saßen Annika und Henry im Speisezimmer beim Frühstück. „Wann lauft ihr wieder aus?", fragte Annika. „Ich habe noch keine Befehle. Warum fragst Du?", antwortete Henry. Annika trank einen Schluck Tee und sagte: „Ich überlege, ob ich Dich nach Deal begleite. Du weißt doch selbst, wie schnell es gehen kann. Ganz plötzlich lauft ihr aus und findet euch am anderen Ende der Welt wieder." Henry gefiel der Gedanke, den letztendlich unvermeidlichen Abschied weiter hinauszögern zu können. „Du könntest bei den Lutwidges wohnen", schlug er vor. Annika lachte und meinte dann: „Das habe ich doch schon längst mit Catherine besprochen." Nun musste auch Henry lachen. Annika hatte wirklich an alles gedacht.

Die Tür wurde geöffnet und Frank Rooney trat ein. „Ein berittener Bote für Sie, Sir", meldete er. „Lassen Sie ihn eintreten", antwortete Henry. Ein Marineinfanterist trat ein und meldete: „Sergeant Wilson mit einer Depesche für Captain[5] du Valle." „Danke Sergeant, ich bin Commander du Valle. Lassen Sie sich von Mr. Rooney den Weg in die Küche zeigen. Dort bekommen Sie einen kräftigen Grog und ein ordentliches Frühstück", sagte Henry. Der Sergeant überreichte Henry einen Briefumschlag, grüßte noch einmal zackig und verließ mit Frank Rooney das Frühstückszimmer.

---

[5] Unabhängig von ihrem tatsächlichen Rang wurden die Kommandanten eines Kriegsschiffes mit dem Höflichkeitstitel Captain angesprochen.

Die Depesche war mit dem unklaren Anker der Admiralität versiegelt. Henry erbrach das Siegel und öffnete den Brief. Ein kleiner Zettel war dem Schreiben beigefügt, den Henry zuerst zur Hand nahm. „Skeffington schreibt mir. Er hat meine neuen Befehle nach Knights Manor geschickt, damit ich nicht in Deal davon überrascht werde und Dich auf eine längere Trennung vorbereiten kann", sagte er. „Der gute Skeffington, das ist wirklich sehr aufmerksam von ihm", antwortete Annika. Sie lächelte, hatte dabei aber Tränen in den Augen.

Nun wandte sich Henry dem Schreiben zu.

An Captain Henry du Valle Esq. An Bord Seiner Majestät Sloop Mermaid

Von Earl Spencer 1. Lord der Admiralität

Sir,

Sie werden hiermit beauftragt und angewiesen, die unter Ihrem Kommando stehende Sloop Mermaid unverzüglich seeklar zu machen und mit Vorräten für neunzig Tage zu versehen. Unmittelbar nach Ausführung dieser Befehle haben Sie in See zu stechen und Kurs auf das Mittelmeer zu nehmen. Dies sollte vor dem Ende des laufenden Monats erfolgen.

Vor Ort unterstellen Sie sich dem Befehl des sehr ehrenwerten Earl St. Vincent, dem Sie Ihre Befehle erläutern werden. Anschließend nehmen Sie Kontakt zum sehr ehrenwerten Lord Nelson in selber Absicht auf.

Ziel Ihres Einsatzes ist das östliche Mittelmeer, wo Sie sich im Gebiet zwischen Alexandria und Konstantinopel dem Befehl des Kommodore[6] Sir Sidney Smith bei der Abwehr des französischen Vormarschs unterstellen werden.

Mit vorzüglichster Hochachtung verbleibe ich als Ihr ergebener Diener.

Gegeben zu London im Februar 1799

Henry ließ das Schreiben sinken und sagte: „Sie schicken mich wieder ins Mittelmeer." Annika zwang sich zu einem Lächeln und antwortete: „Das ist doch schön. Dann kannst Du Dich wieder Lord Nelsons Bruderbund anschließen." Henry schüttelte den Kopf. „Leider werde ich nicht zu seinem Geschwader versetzt, sondern zu Sir Sidney Smith", erklärte er dann. „Aber dem verdankst Du doch auch sehr viel", meinte Annika. „Ja, ich habe ihn als sehr guten und sehr fähigen Kommandanten kennengelernt", sagte er dann. „Also was ist dann das Problem?", wollte Annika wissen. „Ich befürchte, dass wir sehr lange Zeit getrennt sein werden", antwortete Henry.

Annika lachte, obwohl noch immer Tränen in ihren Augen standen. Sie umarmte Henry und gab ihm einen leidenschaftlichen Kuss. Dann sagte sie: „Also hat der Earl St. Vincent doch Recht, wenn er sagt, dass verheiratete Offiziere für die Royal Navy verloren sind." Nun musste auch Henry lachen und er erwiderte Annikas Kuss.

---

[6] Temporärer Rang für Offiziere unterhalb der Admiralsränge, die einen Verband aus mehreren Kriegsschiffen befehligen.

3

Henry du Valle hatte es tatsächlich geschafft, noch vor dem Monatsende auszulaufen. Das hatte allerdings sowohl ihm als auch der Besatzung eine Menge abverlangt, und der Preis, den er dafür zahlen musste, war die fehlende Zeit mit Annika. Lediglich an den Abenden, wenn sie bei den Lutwidges zum Essen eingeladen waren, fanden sie ein wenig Zeit füreinander. Doch die Nächte musste Henry ausnahmslos an Bord verbringen, da war der Admiral auch seinem Günstling gegenüber gnadenlos. Henry empfand das zwar als hart, aber bei nüchterner Betrachtung musste er dem Admiral Recht geben.

Immerhin erhielt Annika die Genehmigung, die kurze Strecke von Deal bis nach Dover an Bord der *Mermaid* zurückzulegen. In Dover wartete dann ihre Kutsche und es wurde endgültig Zeit, voneinander Abschied zu nehmen. In den folgenden Monaten, vielleicht sogar Jahren, blieben nun nur noch Briefe für die Beiden.

Die Fahrt durch den Kanal verlief außerordentlich rasch und ereignislos. Erst als die offene See erreicht war, wurden die Wellen etwas ruppiger und der kräftige Nordwestwind zwang die *Mermaid* zum Kreuzen. Trotz dieser Widrigkeit blieb auch die Fahrt durch die Biskaya ungewöhnlich ruhig. Als dann die portugiesische Küste erreicht war, wurde es zunehmend wärmer und immer wieder wehte von Land der Duft des Südens zu ihnen herüber.

Henry du Valle hatte gehofft, das Mittelmeergeschwader vor der Tejomündung zu finden, doch erst vor Gibraltar kam die mächtige *Ville de Paris*, Admiral St. Vincents Flaggschiff mit einhundertzehn Kanonen, in Sicht. Während

Nelson im Mittelmeer die französische Flotte jagte, hatte der Earl of St. Vincent die Zeit genutzt, den Hafen und die Werft von Gibraltar auszubauen. Das hatte sich ein erstes Mal ausgezahlt, als Captain Saumarez mit den zum Teil schwer beschädigten Prisen aus der Seeschlacht bei Aboukir erschien und fast allen Schiffen hier geholfen werden konnte.

Henry du Valle ließ den Salut für die Flagge des Admirals schießen. Seit einigen Tagen war es die weiße Flagge mit dem roten Georgskreuz, denn der Admiral war befördert wurden. Wie bereits von Henry erwartet, signalisierte das Flaggschiff „Kommandant an Bord kommen". Er trug schon seinen besten Uniformrock und die Kommandantengig erwartete ihn längsseits. Vorsichtig kletterte Henry die Bordwand hinab. Sein Bootssteurer, Charlie Starr, half ihm, als er das Boot erreicht hatte.

Die Überfahrt zur *Ville de Paris* war kurz. Zum Glück war die See momentan ziemlich ruhig, so dass Henry auch der Übergang zum Flaggschiff leichtfiel. An der Admiralspforte wurde er von Captain Bathurst erwartet, während die Bordkapelle „*Heart of Oak*" spielte.

In der Admiralskajüte war es sehr warm, wofür zwei Kohlestövchen sorgten. Trotzdem saß der Admiral in eine Decke gehüllt in seinem hohen Ohrensessel. Henry hatte den Earl St. Vincent erst vor wenigen Monaten gesehen und er erschrak, als er feststellen musste, dass ein weiterer Winter auf See dem alten Mann ziemlich zugesetzt hatte.

Da er wusste, dass der Admiral ein großer Disziplinfanatiker war, wollte Henry eine schneidige Meldung machen, aber der alte Mann winkte ab und sagte: „Nehmen Sie nur

Platz, Captain du Valle." Henry übergab ihm seine Post, die der Earl St. Vincent achtlos zur Seite legte. „Was führt Sie ins Mittelmeer?", fragte der Admiral. „Mylord, ich habe den Auftrag, mich unter Ihren Befehl zu stellen und nach einer Meldung bei Lord Nelson das Geschwader von Kommodore Sir Sidney Smith an der asiatischen Küste zu verstärken." Der Earl lachte und sagte dann: „Also wieder so ein Befehl von Earl Spencer. Es gab schon großen Ärger, als Sir Sidney Smith ins Mittelmeer kam. Er hatte zwei Befehle dabei, einen sich meinem Kommando zu unterstellen und einen Geheimbefehl für Verhandlungen mit der Hohen Pforte, um ein Bündnis gegen die Franzosen abzuschließen. Es hat mich ein halbes Dutzend Briefe gekostet, bis Lord Nelson klar war, dass niemand an seiner Autorität rüttelte und jede Aufregung unnötig war. Aber ich glaube, Sie kennen beide Männer." „Ja Mylord, Sir Sidney Smith hat mich auf der Diamond zum Leutnant ernannt und Lord Nelson war ich im letzten Jahr vor Aboukir behilflich", bestätigte Henry. Der Admiral lachte, und plötzlich schien er nicht mehr so hinfällig zu sein. Henry hatte ihn noch nie so gut gelaunt erlebt. „Nach allem, was mir Lord Nelson berichtet hat, waren Sie ihm mehr als nur behilflich. Es ist ein Wunder, dass man Sie bei den Beförderungen nach der Schlacht übergangen hat", sagte der Earl St. Vincent. „Nun, Mylord, Sie werden sich eventuell erinnern, dass ich ja nicht regulär zum Geschwader gehörte und eigentlich eine Aufklärungsmission zu erfüllen hatte, da war es nur logisch, dass man mich nicht befördern konnte", erklärte Henry. „Oh ja, ich erinnere mich, da war diese Affäre mit Mr. Hoaxleys Sekretär, die Sie übrigens auch ganz ausgezeichnet bewältigt haben. Aber Sie sind noch sehr jung und wären vielleicht zu jung für ein

18

größeres Kommando", meinte der Earl St. Vincent und sagte dann, mit einem nostalgischen Lächeln im Gesicht: „Mein erstes Kommando war ebenfalls eine Sloop, die gute alte *Porcupine* mit 16 Kanonen und danach bekam ich die *Scorpion*, eine noch kleinere Sloop. Das war eine harte Schule, aber zugleich die beste Zeit als junger Offizier."

Wie in der Navy üblich, leerten der Admiral und Henry eine Flasche Wein, wobei Henry den neuesten Klatsch aus England erzählen musste. Catherine Lutwidge war da immer bestens informiert und hatte bei den gemeinsamen Essen darüber berichtet. So hatte Henry Einiges zu erzählen.

Zum Abschied sagte der Admiral: „Sie werden das Mittelmeer verändert vorfinden. Seit November gehört uns wieder Menorca, wir belagern Malta und blockieren die Küsten von Alexandria und Neapel. Es ist also wieder ein britisches Meer. Lord Nelson werden Sie vor Neapel finden oder in Palermo. Ich werde Ihnen Post für ihn mitgeben. Grüßen Sie Nelson von mir und sagen Sie ihm, dass ich meine Flagge demnächst niederholen werde, um nach Hause zurückzukehren."

Da es noch etwas dauern würde bis die Post für Lord Nelson fertig war, wurde Henry von Captain Grey in seine Kajüte eingeladen. Er hatte den Posten des Captains of the fleet[7] von Captain Calder übernommen und dafür das Kommando der *Ville de Paris* abgeben müssen. Auch hier gab es die unvermeidliche Flasche Wein und Henry dachte

---

[7] Captain of the fleet lässt sich am besten als Stabschef der Flotte übersetzen

mit Schaudern an seinen Abstieg zurück in seine Kommandantengig. Den Wein abzulehnen war keine Option, denn das wäre einem Affront gleichgekommen, noch dazu gegenüber einem ranghöheren Offizier. So fügte sich Henry in das Unvermeidliche, war jedoch heimlich bemüht, etwas weniger als Captain Grey zu trinken.

Der Flaggkapitän wollte natürlich auch den neuesten Klatsch aus der Heimat erfahren, so dass Henry noch einmal auf die Informationen von Catherine Lutwidge zurückgreifen musste. Als ihm langsam der Gesprächsstoff auszugehen drohte, bemerkte Henry, dass Captain Grey offenbar eine Frage auf der Zunge brannte. „Gibt es noch etwas, das ich Ihnen erzählen könnte, Sir?", fragte er ganz offen. „Ja, Captain du Valle, da wäre noch etwas. Was spricht man über Lord Nelson?", wollte Captain Grey wissen. Henry war überrascht. Er zögerte deshalb kurz und sagte dann: „Nun, ich denke, Sie haben bereits aus den Zeitungen und aus Briefen erfahren, dass ganz England begeistert von dem grandiosen Sieg am Nil ist." „Und aus Sizilien gibt es keine Nachrichten?", fragte Captain Grey nach. „Nein, man berichtet nur, dass man Lord Nelson dort ebenso begeistert aufgenommen hat", antwortete Henry, „Aber weshalb fragen Sie, Sir?"

Captain Grey überlegte kurz und entschloss sich schließlich doch zu einer Antwort. „Da Sie Lord Nelson ja ohnehin treffen werden, kann ich es Ihnen ruhig erzählen. Offiziere, die ihn in Palermo getroffen haben, berichten von einer Affäre mit der Frau des britischen Gesandten. Und um den Skandal vollständig zu machen, wird diese Affäre von beiden ganz offen gezeigt." Henry war verblüfft und konnte sich kaum vorstellen, dass die Berichte der Wahrheit entsprachen. Doch Captain Grey hatte in der Royal Navy einen untadeligen Ruf, so dass an der Geschichte etwas wahr sein musste.

„Ist unser Gesandter nicht Sir William Hamilton?", fragte Henry. „Richtig und um Lady Hamilton handelt es sich", bestätigte Captain Grey. Henry konnte sich daran erinnern, dass bereits die Hochzeit von Sir William mit der ehemaligen Geliebten seines Neffen einen ziemlichen Skandal in der feinen Londoner Gesellschaft verursacht hatte. „Die Dame scheint ja Skandale nur so anzuziehen", stellte Henry lakonisch fest. Captain Grey lächelte ein wenig gequält.

Schließlich hatte der Admiral alle Briefe und Befehle unterzeichnet und Henry konnte auf die *Mermaid* zurückkehren. Durch die schockierende Nachricht über Lord Nelson war der leichte Rausch verflogen, so dass er den Transfer auf sein Schiff unbeschadet überstand. Per Flaggensignal wurde der Abschied vom Geschwader erbeten und von der *Ville de Paris* bestätigt. Henry war erleichtert, als die Mittelmeerflotte hinter dem Horizont verschwand, als könnte er erst jetzt wieder frei atmen. Die Gerüchte über sein Idol wollten ihm einfach nicht aus dem Kopf gehen, und mit leisem Bangen sah er seiner Ankunft in Palermo entgegen.

4

Auch im Mittelmeer blieb der *Mermaid* das Glück hold. Die Überfahrt von Gibraltar nach Palermo dauerte nur eine Woche.

Im Hafen lag die gute alte *Vanguard* vor Anker. In Neapel hatte sich die königliche Werft zwar großzügig gezeigt, so dass sie mit einem frischen Anstrich in der Sonne glänzte, doch dem geübten Auge fielen die Spuren der Schlacht sofort auf, die nur ein längerer Werftaufenthalt würde beseitigen können.

Doch dafür hatte die Zeit gefehlt, denn im Überschwang von Lord Nelsons Sieg bei Aboukir ließ sich König Ferdinand zu einem Vorstoß seiner Armee nach Rom hinreißen. Rom wurde zwar erobert, doch Frankreich reagierte prompt und angesichts eines französischen Vorstoßes zunächst nach Rom und dann auf Neapel löste sich der Rückzug der neapolitanischen Truppen in eine wilde Flucht auf. Die Königsfamilie musste in ihr sizilianisches Königreich fliehen, wobei Lord Nelsons Schiffe den Transport nach Palermo übernahmen, während in Neapel die Parthenopeische Republik ausgerufen wurde.

Dies war im Januar geschehen und seitdem lag Lord Nelson mit einem Teil seines Geschwaders im Hafen von Palermo, um Sizilien gegen eine französische Invasion zu verteidigen, während er seine Untergebenen mit den Blockaden von Neapel, Alexandria und Malta betraut hatte. Henry ließ den Salut für den König von Sizilien[8] schießen und anschließend für Lord Nelson. Als der letzte Schuss abgefeuert war, signalisierte die *Vanguard* "Kommandant an Bord kommen".

Auf der *Vanguard* wurde Henry mit allen Ehren empfangen und von Captain Hardy persönlich an der Pforte begrüßt. „Wir haben uns lange nicht gesehen, Captain du Valle", sagte Thomas Hardy, „Ich hörte, Sie haben geheiratet. Meinen Glückwunsch dazu." „Danke, Sir", antwortete Henry. „Lassen Sie das Sir, wenn wir unter uns sind. Nach allem, was wir gemeinsam erlebt haben, halte ich das nicht für angemessen", entgegnete Captain Hardy. Henry war davon angenehm überrascht, denn Captain Hardy eilte der Ruf voraus, ein ausgesprochen strenger Vorgesetzter zu sein. Aber immerhin hatten sie so oft gemeinsam an Admiral Nelsons Tafel gesessen und bis zur Schlacht bei Aboukir war auch Captain Hardy nur ein Commander gewesen.

Captain Hardy geleitete ihn in die Kapitänskajüte. Im Gegensatz zum Quartier des Admirals, das dafür größer war, verfügte die Kapitänskajüte über einen kleinen Balkon. Hier befand sich ein kleiner Tisch, an dem Beide Platz nahmen. Captain Hardy ließ einen Marsala servieren. „Dieser Wein wird hier auf Sizilien angebaut. Zwei englische Firmen beherrschen den Handel mit diesem edlen Tropfen",

---

[8] Die Königreiche Neapel und Sizilien wurden in Personalunion regiert und später zum Königreich beider Sizilien vereinigt.

erläuterte Captain Hardy. Die Männer tranken auf den König. Der Wein war sehr süß und erinnerte ein wenig an den spanischen Sherry. „Ein edler Tropfen", stellte Henry fest.

„Nun, Henry, welche günstigen Winde führen Sie nach Sizilien? Wollen Sie sich uns wieder anschließen?", fragte Captain Hardy. „Nein, Thomas, ich möchte mich nur bei Lord Nelson anmelden und einige Depeschen aus London und vom Earl St. Vincent überbringen, bevor ich an die syrische Küste segeln muss", antwortete Henry. „Man schickt Sie zu Sir Sidney Smith!", rief Thomas Hardy erstaunt aus. „Ja, er soll General Bonapartes Vormarsch an der Küste stoppen und ich werde ihm als Verstärkung gesandt, damit er nicht auf Schiffe aus Lord Nelsons Geschwader zurückgreifen muss, die mit Sicherheit andere wichtige Aufgaben zu erfüllen haben", erklärte Henry, dem sehr wohl bewusst war, wie heikel die ganze Angelegenheit für Lord Nelsons Flaggkapitän war.

Thomas Hardy lächelte ein wenig gequält und sagte: „Sie ahnen ja nicht, welchen Ärger wir hier hatten, als der schwedische Ritter[9] mit Earl Spencers Befehl erschien. Um ein Haar wäre unsere ganze Disposition über den Haufen geworfen worden, hätte nicht der Earl St. Vincent eingegriffen. Earl Spencer ist zwar unser Vorgesetzter, aber er ist halt ein Zivilist ohne das rechte Verständnis für die Verhältnisse hier vor Ort." „Der Admiral erzählte mir von dem Ärger", berichtete Henry.

---

[9] Sir Sidney Smith erhielt den Titel vom schwedischen König und trug ihn mit persönlicher Erlaubnis des britischen Königs George III, weshalb er in manchen Kreisen abfällig der schwedische Ritter genannt wurde.

Als der Marsala ausgetrunken war, wurde es Zeit für Henry, Lord Nelson seine Aufwartung zu machen. „Ist seine Lordschaft an Bord?", fragte er. Ein flüchtiger Schatten huschte über Thomas Hardys Gesicht. Dann antwortete er: „Nein, leider nicht. Um näher am Königshof zu sein, hat er sich entschieden, Sir Williams Angebot anzunehmen, in dessen Residenz zu wohnen." „Ist das weit von hier?", wollte Henry wissen. „Nein, der Palazzo Palagonia befindet sich nur einige Straßen entfernt vom Hafen. Ich werde einen meiner jungen Gentlemen bitten, Ihnen den Weg dorthin zu zeigen", sagte Captain Hardy. Er klingelte und befahl dem Sekretär, der daraufhin erschien: „Schicken Sie Mr. Woodin zu mir."

Der Kadett erschien und Captain Hardy gab ihm den Befehl, Henry zum Palazzo Palagonia zu geleiten. „Sie kehren vom Palazzo sofort zurück an Bord, ohne irgendwo einzukehren", schärfte Captain Hardy dem jungen Mann noch ein. Henry ließ sich von seiner Gig an Land rudern. Während ihn Mr. Woodin und sein Bootssteurer, Charlie Starr, begleiteten, wurde die Kommandantengig zurück zur *Mermaid* geschickt. Charlie Starr trug die Posttasche für den Admiral.

Während seiner ersten Fahrt ins Mittelmeer hatte Henry nur Gibraltar und Algier kennengelernt. Im Gegensatz zu Algier bekam er hier viele prachtvolle Barockbauten zu sehen, doch wie in Algier sah man auch hier aus der Nähe, dass viele Bauten schon bessere Zeiten gesehen hatten. Der Palazzo Palagonia bildete eine rühmliche Ausnahme. Die Fassade war frisch hergerichtet und auch der große Innenhof, in dem einige Palmen standen, wirkte sauber und gepflegt.

Mr. Woodin meldete Henry bei den zwei Marineinfanteristen an, die am Eingang Posten standen. Ein dritter Marineinfanterist wurde herbeigerufen, und während sich Mr.
Woodin verabschiedete, wurden Henry du Valle und Charlie Starr in den Palazzo geleitet.

Henrys Herz schlug schneller, während er die große Frei-
treppe emporstieg. Wie würde er sein Idol vorfinden?
Würde die alte Vertrautheit noch immer da sein und was
war dran an dem Gerücht, das er auf der *Ville de Paris* gehört hatte? Captain Hardy hatte ja immerhin den Eindruck
erweckt, als sei in Palermo alles ganz normal.

Vor dem Arbeitszimmer des Admirals wurde Henry be-
deutet, einen Moment zu warten. Charlie Starr geleitete
man in einen Aufenthaltsraum für Bedienstete, nachdem
er Henry die Posttasche übergeben hatte.

Nach einigen Minuten öffnete sich die Tür. Ein Diener in
Livree und mit gepuderter Perücke trat heraus und sagte:
„Captain du Valle, Seine Lordschaft erwartet Sie jetzt."

5

Henry du Valle betrat einen lichtdurchfluteten Raum mit
hohen Wänden, an denen ebenso hohe Bücherregale standen. Demnach schien es sich um die Bibliothek des Palaz-
zos zu handeln. An der Stirnseite des Raumes stand ein
riesiger Schreibtisch vor einem mehrflügeligen Fenster. Als
er sich an die Helligkeit gewöhnt hatte, sah er, dass Lord
Nelson an dem Schreibtisch saß.

„Commander du Valle von seiner Majestät Sloop *Mermaid* mit Depeschen der Admiralität und vom Earl St. Vincent für Eure Lordschaft", meldete Henry. Lord Nelson blickte auf und sagte lächelnd: „Mein lieber Henry, ich freue mich, Sie wieder im Mittelmeer begrüßen zu dürfen." Er stand auf und gab Henry seine linke Hand, nachdem er den Schreibtisch umrundet hatte. „Zu allererst möchte ich Ihnen aber von ganzen Herzen zu Ihrer Vermählung gratulieren. Bitte übermitteln Sie meine Glückwünsche auch Ihrer Frau Gemahlin." „Danke, Mylord, Sie sind zu gütig", antwortete Henry, „Wenn Eure Lordschaft gestatten, möchte ich Euch zu Eurem Titel gratulieren." „Vielen Dank, Henry", entgegnete Lord Nelson, wobei sich seine Miene kurz verdüsterte, „Diesen Titel verdanke ich so tapferen Männern wie Ihnen und ich empfinde es als eine Herabsetzung Ihrer Heldentaten, dass ich mit dem Titel eines einfachen Barons abgespeist wurde. Aber das ist der Schnee von gestern. Was führt Sie wieder ins Mittelmeer, Henry?" „Ich habe Befehl, mich bei Euch, Mylord und dem Earl St. Vincent zu melden und mich dann Sir Sidney Smith an der syrischen Küste anzuschließen", antwortete Henry. „Wie schade, ich hoffte, Sie unter meinen Befehl stellen zu können, nachdem man Sie nach meinem Sieg gegen die französische Flotte in England so schnöde übergangen hat", sagte Lord Nelson. „Das hätte ich mir auch gewünscht, Mylord, aber in der Admiralität dachte man sich wohl, dass ich eine gute Unterstützung für Sir Sidney Smith wäre, da ich bereits unter ihm gedient habe", antwortete Henry.

Lord Nelson kehrte an seinen Schreibtisch zurück und sagte, auf die Posttasche deutend: „Ich nehme an, das ist meine Post." „Jawohl, Mylord", antwortete Henry und gab dem Admiral die Tasche. Dieser erbrach das Siegel und öffnete die Tasche. Mit seiner einzigen Hand zog er einen Stapel Briefe heraus und sortierte ihn rasch. Die meisten Briefe legte er zur Seite. Um die würde sich später sein Sekretär kümmern. „Ah, hier ist ein Brief von Old Jarvie", sagte Lord Nelson und öffnete ihn. Während er las, hatte Henry Gelegenheit, sich Lord Nelson näher anzuschauen.

Der Admiral sah schlecht aus. Vor einem Jahr hatte er auf Teneriffa seinen rechten Arm verloren und sich noch immer nicht ganz davon erholt. Hinzu kam eine Kopfverletzung während der Schlacht bei Aboukir, die ihn vorübergehend ganz erblinden lies. Es hatte etwas gedauert, bis er die Sehfähigkeit seines verbliebenen Auges wiedererlangt hatte. Vermutlich deshalb hatte er diesen hellen Raum als Arbeitszimmer ausgewählt. Als Lord Nelson den Brief ausgelesen hatte, fragte er Henry: „Welchen Eindruck hatten Sie von Old Jarvie?" „Um ehrlich zu sein, Mylord, war ich ein wenig erschrocken. Der Winter auf See hat ihm stark zugesetzt. Er äußerte die Absicht, seine Flagge als Oberbefehlshaber der Mittelmeerflotte bald niederzuholen", antwortete Henry. „Er will sich zurückziehen!", rief Lord Nelson erschrocken aus, „Old Jarvie war mir immer eine sehr verständnisvoller Vorgesetzter, wer weiß, wen mir die Admiralität an seiner Stelle schickt."

Nachdem Lord Nelson alle wichtigen Briefe zumindest überflogen hatte, lud er Henry ein, ihn in ein Nebenzimmer zu begleiten. Dabei handelte es sich um einen kleinen Salon, in dem beide an einem kleinen Tisch Platz nahmen. „Da Sie auf der *Vanguard* waren, hat Sie Captain Hardy sicherlich mit seinem Marsala traktiert. Was halten Sie von

einem guten Kaffee?", fragte Lord Nelson. „Danke, Mylord, ein Kaffee wäre mir sehr angenehm", antwortete
Henry. Der Admiral klingelte nach einem Diener und gab
den Kaffee in Auftrag. Offenbar hatte man in der Küche
damit gerechnet, denn der Diener kehrte sofort mit einer
Kaffeekanne und zwei Tassen zurück. Dazu servierte er
etwas Gebäck.

Lord Nelson trank vorsichtig von dem heißen Gebräu und
sagte dann: „Da Sie geraume Zeit nicht im Mittelmeer waren, möchte ich Sie kurz darüber ins Bild setzen, was Sie
hier erwartet. General Bonapartes Pläne sind nicht aufgegangen. Ursprünglich hatte man ja in Paris erklärt, man
wolle die Hohe Pforte darüber in Kenntnis setzen, dass
sich der französische Feldzug allein gegen Großbritannien
und die Mamelucken[10] richtet, aber die angekündigte Ge-
sandtschaft hat Paris niemals verlassen. Möglicherweise
handelt es sich dabei ja um eine weitere Intrige gegen
Bonaparte. Man sonnt sich zwar sehr gern in seinen Erfolgen, doch wäre kein Politiker in Paris traurig, ihn scheitern
zu sehen. Die Türken haben jedenfalls Frankreich den
Krieg erklärt und ein Heer nach Süden entsandt. Natürlich
haben unsere Diplomaten dabei ein wenig nachgeholfen.
Bonaparte zieht ihnen entgegen und eilt dabei weiter von
Sieg zu Sieg. Zuletzt hat er Jaffa fast im Sturm erobert und
anschließend alle Gefangenen massakriert. Jetzt wendet er
sich Akkon zu und es würde mich nicht überraschen, wenn
er dort auf entschlossenen Widerstand stößt, zumal sich
Sir Sidney Smith den Verteidigern angeschlossen hat, wie
ich zuletzt von ihm hörte. Ansonsten ist das Königreich

---

[10] Kriegerkaste ehemaliger Sklaven, die seit dem 13. Jahrhundert Ägypten beherrschte.

Neapel unser einzige Verbündeter im Mittelmeer und ich setze mein Hauptaugenmerk auf seine Verteidigung. Unser gemeinsamer Freund Thomas[11] blockiert diese obskure Republik in Neapel, während Captain Hood vor Alexandria und Captain Ball vor Malta Bonapartes Nachschubwege abschneiden."

In diesem Moment öffnete sich die Tür und eine Frau in einem fließenden Gewand schwebte herein. „Horatio, Darling", sagte sie affektiert, „Du sollst Dich doch nicht überarbeiten." Sie stutzte kurz, als würde sie Henry, der sich artig erhoben hatte, erst jetzt bemerken und fragte: „Horatio, willst Du mir nicht diesen jungen Offizier vorstellen?" Lord Nelson lächelte ein wenig verlegen und antwortete: „Natürlich, liebste Emma, das ist Captain du Valle von der *Mermaid*, die heute Mittag in den Hafen eingelaufen ist. Henry, darf ich Ihnen Lady Emma Hamilton vorstellen." Lady Emma musterte Henry von oben herab und sagte: „Dann waren Sie es also, der mich vorhin mit seinen fürchterlichen Kanonen aus meinen schönsten Träumen geweckt hat." „Aber Darling, wie oft soll ich Dir denn noch sagen, dass es die Pflicht meiner Kapitäne ist, ihren Salut für König Ferdinand und meine Flagge abzufeuern", versuchte Lord Nelson zu erklären. „Papperlapapp, Du bist doch hier der Admiral, also gib Befehl, dass sie diesen Unsinn zu unterlassen haben", befahl Lady Emma und berührte das Gesicht Lord Nelsons leicht mit ihrem Fächer. Dieser grinste ein wenig verlegen, während Lady Emma hinter seinen Stuhl trat und ihn von hinten umarmte. „Komm, nun lass diesen langweiligen Dienst und begleite mich zu Fürst Lampedusa. Ihre Majestät wird auch da sein

---

[11] Gemeint ist Thomas Troubridge, ein enger Freund Nelsons

und später setzen wir uns alle an den Spieltisch", flötete sie Lord Nelson ins Ohr. „Aber Emma, mein Schatz, Du weißt doch, dass ich diese Kartenspiele nicht mag", versuchte Lord Nelson abzuwehren. „Aber Du bist doch mein Glücksbringer, Schatz", erwiderte Lady Emma und gab Lord Nelson einen dicken Schmatzer auf die Wange.

Henry wurde die ganze Situation zunehmend unangenehm. So viel Vertraulichkeit vor einem Fremden zeugte von schlechtem Benehmen. Er erinnerte sich erneut, dass seinerzeit bereits Sir William Hamiltons Hochzeit einen Skandal ausgelöst hatte, da es sich bei Lady Emma um die ehemalige Geliebte seines Neffen handelte, die auch schon durch zwielichtige Auftritte eine zweifelhafte Berühmtheit erlangt hatte. Auf der *Prince Rupert*, Henrys erstem Schiff bei der Royal Navy, kursierten im Cockpit Aktzeichnungen von ihr. Allerdings war sie inzwischen deutlich älter und sie hatte auch zugenommen, was sie durch ihre Kleidung zu verschleiern suchte.

Inzwischen hatte sich Lord Nelson in sein Schicksal ergeben und zugestimmt, Lady Emma zum Fürsten Lampedusa zu begleiten. Befriedigt rauschte sie daraufhin von dannen. Lord Nelson wandte sich mit einem seligen Lächeln Henry zu, forderte ihn auf, wieder Platz zu nehmen, und erklärte: „Die Lampedusas sind uralter Adel, ebenso wie die Gravinas, denen dieses Palazzo gehört. Übrigens habe ich vor Toulon einen Gravina kennengelernt. Er ist jetzt ein Admiral in der spanischen Marine, ein feiner Seemann, im Gegensatz zum Rest der Marine. Aber wo waren wir stehengeblieben?" „Sie hatten mir die Lage im östlichen Mittelmeer erläutert, Mylord", antwortete Henry. „Ja, natürlich. Neben meinem Geschwader, das, wie ich finde,

31

schon über Gebühr strapaziert ist, operieren in der Adria noch ein türkisches und ein russisches Geschwader. Der Befehlshaber der Russen ist Admiral Uschakow, ein sehr fähiger Mann, wie man hört, auf den ich große Hoffnungen setze. Leider konnte ich ihn bisher nicht dazu bewegen, sich der Belagerung Maltas anzuschließen. Stattdessen versucht er gemeinsam mit den Türken, die Franzosen von den Ionischen Inseln zu vertreiben", berichtete Lord Nelson. „Mein Vater, der oft in der Ostsee unterwegs ist, hat eine sehr gute Meinung von der russischen Marine. Viele ihrer Offiziere wurden in der Royal Navy ausgebildet", sagte Henry. „Ach, wie geht es Ihrem Vater?", fragte Lord Nelson. „Es geht ihm gut, er hat sich sehr über Eure Grüße gefreut", antwortete Henry. Lord Nelson und Henrys Vater hatten gemeinsam unter Sir Peter Parker auf der *Bristol* gedient. „Das freut mich zu hören", sagte Lord Nelson, „Aber wie sehen Ihre Pläne aus, Henry, werden Sie uns einige Tage Gesellschaft leisten?" „Leider lassen das meine Befehle nicht zu, Mylord. Da ich dank der raschen Überfahrt noch bestens verpflegt bin, wollte ich möglichst noch heute an die syrische Küste aufbrechen", antwortete Henry. „Das ist schade, wirklich schade, aber Sie haben natürlich Recht, unser Dienst geht immer vor. Also kehren Sie auf Ihr Schiff zurück und erwarten Sie meine Post für Sir Sidney Smith. Und beim nächsten Mal bringen Sie mehr Zeit mit. Dieses Palermo ist eine faszinierende Stadt, die Sie unbedingt kennenlernen sollten", erwiderte Lord Nelson.

Die beiden Männer verabschiedeten sich herzlich und Henry kehrte zum Hafen zurück. Charlie Starr signalisierte der *Mermaid*, worauf dort die Kommandantengig abstieß und der Kaimauer zustrebte. Auf dem Rückweg zu seinem Schiff war Henry in Gedanken versunken. Was sollte er von dieser Begegnung halten? Einerseits schien Lord Nelson ganz der Alte zu sein. Das Feuer brannte noch immer in ihm, aber seine Beziehung zu Lady Emma Hamilton schien doch weit über das schickliche Maß hinaus zu gehen. Wenn man in London davon erfuhr, würde man sich die Mäuler zerreißen.

Der Aufenthalt der *Mermaid* in Neapel endete noch vor dem Einsetzen der Abenddämmerung. Lord Nelson hatte sich mit der Post für Sir Sidney Smith beeilt, obwohl Lady Emma sicherlich voller Ungeduld auf ihn gewartet hatte, wie Henry es sich sarkastisch vorstellte.

Nachdem die *Mermaid* ihren Anker gelichtet hatte und aufgrund der Windverhältnisse Kurs auf die Straße von Messina nahm, versuchten die Mitglieder der Offiziersmesse, von Henry Neuigkeiten über Lord Nelson zu erfahren. Natürlich taten sie das mit aller Zurückhaltung und unter Beachtung der Marineetikette, doch Henry reagierte darauf recht unwirsch. Er war sich selbst noch völlig unklar darüber, was er von der Begegnung mit seinem Idol halten sollte. Natürlich hatte sich Nelson ihm gegenüber überaus freundschaftlich verhalten, doch die Episode mit Lady Emma gab Henry sehr zu denken. Er gönnte ihm sein Liebesglück, obwohl er seine Wahl für mehr als unglücklich hielt, und wenn man liebte, tat man das ja nie mit Vorbedacht. Und da Henry selbst glücklich verliebt war, konnte er auch Nelsons Gefühle nachvollziehen. Ihn beunruhigte nur diese offene Zurschaustellung der Affäre, denn immerhin waren sowohl Lady Emma als auch Lord

Nelson verheiratet. So eine skandalöse Beziehung konnte eine Karriere zerstören.

Später war Joseph Townsend zum Dinner bei Henry du Valle eingeladen. Sie waren eng befreundet, durch gemeinsam überstandene Gefahren und durch die gemeinsame Herkunft aus Reederfamilien. Mit Joseph konnte Henry offen sprechen. Nachdem Henry von seiner Begegnung mit Lord Nelson und seinen Befürchtungen bezüglich der Affäre gesprochen hatte, zog Joseph Townsend die Stirn kraus und sagte: „Die feine Gesellschaft wird sich sicherlich die Mäuler zerreißen, aber das einfache Volk liebt seinen Nelson. Das wird ihn schützen, solange er nicht seine Pflichten vernachlässigt."

6

Henry du Valle erwachte von fernem Geschützdonner. In seiner Schlafkammer war es dunkel, da sie weder Fenster noch Oberlicht besaß, doch alles hatte seinen Platz, so dass er sich in Windeseile anziehen konnte. Beim Verlassen der Kammer kam ihm Mr. Riker entgegen. Der Kadett war vor Aufregung ganz rot im Gesicht. „Sir, der Ausguck meldet ein Gefecht zwischen zwei Schiffen in fünf Meilen Entfernung Steuerbord voraus!", rief er atemlos. „Danke, Mr. Riker, ich habe es gehört", antwortete Henry und konnte sich ein Lächeln nicht verkneifen. Der junge Gentleman war jetzt schon über ein Jahr an Bord und immer noch so aufgeregt wie am ersten Tag.

Henry folgte dem Kadetten an Deck. Der Steuermannsmaat Jack Lewis hatte die Wache, doch Henry registrierte, dass auch Joseph Townsend und der Master auf das Achterdeck kamen. Randi Neals, der Quartermaster, stand bereits mit seinem Maat am Ruder und Charlie Starr hielt Henrys Waffen bereit. Die alten Hasen hatten ein Gespür dafür, wenn sich etwas tat.

Mr. Lewis stürzte auf Henry zu und meldete: „Der Ausguck hat zwei Segel gesichtet. Sie scheinen gegeneinander zu kämpfen." „Ja, es hört sich ganz so an", antwortete Henry. „Wer ist im Ausguck?" fragte er dann. „O'Brian", antwortete Jack Lewis. O'Brian war ein guter Mann. Doc Harris und Sergeant Digby hatten ihn und einen Kameraden aus algerischer Sklaverei befreit, indem sie die beiden Seeleute im Hafen von Algier an Bord der *Mermaid* schmuggelten. Das war im letzten Jahr geschehen und kam Henry wie eine halbe Ewigkeit vor.

Er wollte sich selbst ein Bild machen und enterte deshalb zur Fockmarssaling auf. Dort wurde er von O'Brian erwartet, der ihm in seinem irisch-englischen Kauderwelsch die Lage erläuterte. Henry nahm sein Fernrohr und visierte die fernen Schiffe an, die sich vor der sizilianischen Küste befanden. Da sich die *Mermaid* der Straße von Messina näherte, war im Hintergrund auch schon das kalabrische Festland zu erkennen. Theoretisch gehörte das zu dieser obskuren Parthenopäischen Republik, deren faktische Macht sich jedoch auf die Stadt Neapel beschränkte.

Die kämpfenden Schiffe waren in dichten Pulverdampf gehüllt, aber immerhin konnte Henry sehen, dass es sich um Zweimaster handelte. Während die Kanonen auf beiden Schiffen nachgeladen wurden, lichtete sich der Pulverdampf ein wenig und Henry erkannte, dass es zwei Brigantinen[12] waren. Eine trug die Flagge der königlich neapolitanischen Marine, weiß mit dem Wappen der Bourbonen. Demnach war es ein Verbündeter. Die Flagge der anderen Brigantine erinnerte an die französische Trikolore, doch Henry war die Flagge mit den Farben blau-gelb-rot fremd. Er beugte sich ein wenig vor und rief nach unten: „Mr. Townsend, lassen Sie Klarschiff zum Gefecht machen!"

Sofort begannen an Deck hektische Aktivitäten, die jedoch nur scheinbar chaotisch wirkten. Jeder an Bord wusste genau, was zu tun war und wo sich seine Gefechtsstation befand. Der Zimmermann mit seiner Crew entfernte die Zwischenwände der Kapitänskajüte und der Offiziersmesse. Einige Seeleute räumten unter Aufsicht der Stewards die Möbel nach unten. Derweil wurden die Geschütze besetzt und die Rahen mit Ketten gesichert.

Nach acht Minuten konnte Leutnant Townsend, dem inzwischen an Deck zurückgekehrten, Kommandanten melden: „Das Schiff ist gefechtsbereit, Sir." Die *Mermaid* hatte sich den kämpfenden Schiffen mittlerweile bis auf vier Seemeilen angenähert. Es würde noch eine reichliche halbe Stunde dauern, bis sie ins Kampfgeschehen eingreifen konnte.

Da der Wind auffrischte und den Pulverdampf rasch verwehte, hatte man nun eine bessere Sicht auf das Gefecht. Die neapolitanische Brigantine wehrte sich immer verzweifelter gegen die Enterversuche ihres Gegners, dessen

---

[12] Brigantinen, auch Schonerbriggs genannt, sind zweimastige Segelschiffe mit Rahsegeln am vorderen Mast.

Deck vor Männern schier überquoll. Henry vermutete, dass es sich um einen Freibeuter handelte, denn nur Kaperschiffe konnten sich eine so zahlreiche Besatzung leisten.

Als sich die *Mermaid* langsam den Kontrahenten auf Schussweite annäherte, hatten die Freibeuter ihren Gegner endgültig unter Kontrolle gebracht. Merkwürdigerweise schien bislang niemand die *Mermaid* bemerkt zu haben. Vielleicht lag es ja daran, dass die meisten britischen Kriegsschiffe von Palermo aus Kurs auf Malta oder Alexandria nahmen und deshalb Siziliens Nordküste umrundeten.

Für Henry war es jetzt an der Zeit, in das Gefecht einzugreifen. Zunächst konnte er nur die beiden Sechspfünder am Bug dafür einsetzen, denn die Karronaden hatten zwar ein deutlich größeres Kaliber, dafür jedoch eine viel geringere Reichweite. Henry richtete die Steuerbordkanone selbst und feuerte sie dann ab. Die Kugel landete kurz vor dem Bug des Freibeuters im Wasser und hüpfte, ohne Schaden anzurichten, über das Vorschiff der Brigantine hinweg.

Dort hatte man die *Mermaid* nun bemerkt und war hektisch bemüht, von der neapolitanischen Brigantine loszukommen, während Henry seine Sloop auf den anderen Bug legen ließ, um auch das zweite Jagdgeschütz abfeuern zu können. Wieder richtete Henry die Kanone sehr sorgfältig und feuerte sie schließlich ab. Kurz zuvor hatten die Freibeuter endlich Fahrt in ihr Schiff bekommen, so dass die Kugel dort im Wasser landete, wo sich unmittelbar zuvor die Brigantine befunden hatte. Henry musste neidlos anerkennen, dass es sich bei den Freibeutern um ausgezeichnete Seeleute handelte.

Die Brigantine nahm Kurs auf die Mermaid. Zugleich registrierte Henry, dass die Freibeuter bemüht waren, auch den Neapolitaner in Fahrt zu bringen. Die Kämpfe schienen dort also endgültig beendet zu sein. Der Freibeuter feuerte in der Annäherung ebenfalls seine Buggeschütze ab, hatte die Geschwindigkeit der Mermaid jedoch falsch eingeschätzt. Eine Kugel landete hinter dem Heck der Sloop, die andere flog zwischen Groß- und Besanmast hindurch, ohne Schaden anzurichten.

„Achtung! Wir drehen nach Backbord. Steuerbordbatterie feuert auf mein Kommando!", rief Henry. Der Bootsmann und die für Segelmanöver eingeteilten Seeleute gingen an die Brassen. Mr. Miles hob den Arm, zum Zeichen der Bereitschaft für den Kurswechsel. Henry ging selbst ans Ruder und ließ gemeinsam mit Randi Neals das Rad herumwirbeln. Als die *Mermaid* dem Freibeuter ihre Breitseite zuwandte, befahl er: „Feuer!"

Die Karronaden ließen ihr typisches Bellen ertönen und die *Mermaid* wurde in Pulverdampf gehüllt. Während Geschützbesatzungen die Karronaden nachluden, starrte Henry hinüber zum Freibeuter, von dem laute Schmerzensschreie zu hören waren. Als sich der Pulverdampf lichtete, konnte er sehen, dass die Breitseite der *Mermaid* dort einen furchtbaren Blutzoll gefordert hatte. Das Rigg war jedoch weitgehend intakt geblieben.

Einmal mehr zeigte sich die hervorragende Seemannschaft des Freibeuters. Noch ehe die *Mermaid* eine zweite Breitseite abfeuern konnte, drehte er bei und feuerte selbst eine Breitseite ab. Allerdings fiel diese eher stotternd aus und nur wenige Kugeln fanden ihr Ziel. Henry registrierte nüchtern, dass die Breitseite des Freibeuters aus sechs Vierpfündern bestand. Eine Kugel schlug in die Reling ein und riss etliche Holzsplitter heraus, die als tödliche Waffen durch die Luft sirrten. Einem Seemann wurde die Halsschlagader aufgerissen und er verblutete innerhalb weniger Augenblicke. Ein weiterer Holzsplitter traf einen Marineinfanteristen in der Schulter. Die anderen Treffer des Freibeuters prallten von der Bordwand ab.

Jetzt feuerte die *Mermaid* eine zweite Breitseite ab. Die Kugeln rissen tiefe Schneisen aus Blut und Eisen über das Deck der Brigantine. Die meisten Kanonen wurden umgeworfen und viele Seeleute von den Kugeln in die See gefegt. Doch erneut blieb das Rigg unbeschädigt. Dem Freibeuter war spätestens jetzt klar, dass er gegen die *Mermaid* keine Chance hatte. Er drehte ab und strebte dem italienischen Festland zu.

Henry du Valle wollte die nötigen Befehle zur Verfolgung des Freibeuters geben, als eine aus großer Entfernung abgefeuerte Breitseite ihn herumfahren ließ. Die Prisenbesatzung des Neapolitaners griff in das Gefecht ein. Die Schüsse lagen durchweg zu kurz, doch sie veranlassten Henry, sich nun diesem Schiff zuzuwenden. Damit war die Flucht des Freibeuters geglückt, aber seine Beute wollte Henry ihm nicht überlassen.

Die *Mermaid* wandte sich der Prise zu, die den Luvvorteil[13] hatte. Dieser Vorteil war hier jedoch nur theoretischer Natur, denn um die Prise sicher zum Festland zu bringen, mussten die Freibeuter an der *Mermaid* vorbei. Während die *Mermaid* mühsam zum Neapolitaner aufkreuzte, beschloss ihr Prisenkommandant, sein Heil in einem weiten Schlag nach Osten zu suchen, um so seinen Gegner möglichst weiträumig zu umfahren. Henry schüttelte den Kopf, als er das sah und Joseph Townsend meinte verächtlich: „Der Kommandant dort drüben verliert offenbar die Nerven." „Offenbar sind alle guten Seeleute auf dem Freibeuter geblieben, dem Prisenkommandanten scheint nicht klar zu sein, wie sehr er uns mit seinem Manöver die Arbeit erleichtert", sagte Henry zustimmend.

Tatsächlich konnte die *Mermaid* nun auf Parallelkurs zum Neapolitaner gehen und sich ihm nach und nach annähern. Dabei stellte Henry fest, dass die *Mermaid* einen deutlichen Geschwindigkeitsvorteil hatte. Sie war ein sehr guter Segler und bis vor Kurzem in kälteren Gewässern unterwegs gewesen, so dass ihr Rumpf vermutlich viel weniger bewachsen war.

Schließlich befand sich die Brigantine im Schussbereich der Jagdkanonen. Henry ließ das Steuerbordgeschütz abfeuern. Der Schuss lag etwas zu kurz, doch die Freibeuter waren davon beeindruckt und wollten ihre Prise etwas abfallen lassen. Aber was war das? Die Brigantine drehte immer weiter nach Steuerbord, die Segel begannen zu killen

---

[13] Luv ist die dem Wind zugewandte Seite.

und sie segelte sich fest. Henry glaubte, seinen Augen nicht zu trauen. Was war geschehen?

„Sir, ich glaube, dass das Ruder der Brigantine beschädigt ist", sagte der Master. Henry richtete sein Fernrohr auf das hilflos daliegende Schiff. Tatsächlich, auf dem Achterdeck versuchten die Rudergänger hektisch, den Kurs zu ändern, aber diese Versuche blieben wirkungslos. „Nun, Mr. Ellis", sagte Henry zum Master, „Dann wollen wir den Sack zu machen. Bringen Sie uns hinter das Heck der Brigantine."

Wenig später lag die *Mermaid* mit backgestellten Segeln hinter der Brigantine und richtete ihre Geschütze auf das hilflose Schiff. Auf ihrem Heckspiegel las Henry den Namen *Lipari*. Er ließ sich ein Sprachrohr geben und rief auf Französisch: „Brigantine *Lipari*, ergeben Sie sich oder wir eröffnen das Feuer." An Deck der Brigantine gab es einen Tumult. Ein Schuss war zu hören und schließlich rannte ein Mann zum Flaggenstock, hisste die blau-gelb-rote Trikolore und holte sie nieder.

„Leutnant Townsend, lassen Sie den Kutter aussetzen und nehmen Sie die Brigantine in Besitz", befahl Henry du Valle. Dieser Befehl war längst erwartet worden. Wenig später schwang der Kutter an der Großsegelrah aus und wurde zu Wasser gelassen.

7

Henry du Valle beobachtete durch sein Fernrohr, wie die Entermannschaft an Bord der *Lipari* ging und wie Joseph Townsend von einem Offizier in blauer Uniform mit vielen goldenen Verzierungen begrüßt wurde. Ziemlich schnell wurde klar, dass es sich bei dem Offizier um den neapolitanischen Kommandanten der *Lipari* handelte.

Nach einer kurzen Unterredung mit dem Kommandanten kehrten Joseph Townsend und die Entermannschaft auf die *Mermaid* zurück. „Sir, die Besatzung der Lipari hat wieder die Kontrolle über ihr Schiff erlangt", berichtete Leutnant Townsend. „Haben Sie die Neapolitaner befreit?", fragte Henry. „Nein, Sir, sie waren niemals gefangen, die Republikaner hatten sie lediglich unter Deck gedrängt", antwortete Joseph Townsend. „Republikaner?", fragte Henry. „Ja Sir, der Angreifer war ein Freibeuter unter der Flagge dieser Parthenopäischen Republik", sagte der Leutnant und fuhr fort: „Übrigens lädt Sie der Conte[14] di Maletta zu sich an Bord ein, um sich für unsere Unterstützung zu bedanken."

Henry ging unter Deck und ließ sich von Jeeves seine Galauniform herauslegen. Captain Hardy hatte ihm in Palermo erklärt, dass man bei den Neapolitanern größten Wert auf die äußere Form legte. Als er wieder an Deck kam, sah er, dass seine Gig schon bereit war, ihn zur *Lipari* überzusetzen. Auch seine Bootsbesatzung hatte sich herausgeputzt. Alle trugen weiße Hemden und Strohhüte mit schwarzen Bändern, in die der Name *Mermaid* eingestickt

---

[14] Conte – italienisch für Graf

war. Henry nickte zufrieden und kletterte in die Kommandantengig.

Mit wenigen Ruderschlägen erreichte die Gig die Brigantine. Da sie ein sehr niedriges Freibord besaß, genügte ein
großer Schritt, um durch die Pforte in der Reling an Deck
zu kommen. Hier wurde Henry von einer Ehrenwache, sowie einem Trommler und einem Pfeifer begrüßt. Der
Kommandant lüpfte seinen Hut und verbeugte sich. Dann
kam er auf Henry zu und sagte in einem geläufigen Englisch: „Herzlich willkommen an Bord seiner Majestät Brigantine Lipari, Comandante. Ich bin Conte di Maletta, mit
wem habe ich die Ehre?" Henry erwiderte die Verbeugung
und sagte: „Commander du Valle, zu Ihren Diensten." Der
Conte die Maletta stutzte kurz und antwortete halb fragend: „Du Valle? Das klingt Französisch, bitte verzeihen
Sie meine Indiskretion." „Meine Familie stammt von den
Kanalinseln, wir sind Normannen", entgegnete Henry
freundlich. „Normannen!", rief der Conte die Maletta freu-
destrahlend aus, „Dann haben wir vielleicht gemeinsame
Vorfahren. Mein Urahn kam mit den normannischen Er-
oberern nach Sizilien." Er vergaß seine vornehme Zurückhaltung und umarmte Henry. „Nennen Sie mich Felipe",
sagte er. „Und ich heiße Henry", sagte Henry du Valle,
noch immer von diesem Gefühlsausbruch überrascht. Waren das die überkorrekten Neapolitaner?

Felipe di Maletta bat Henry in seine Kajüte. Sie war zwar
kleiner als Henrys Kajüte auf der Mermaid, aber sehr reich
ausgestattet. Dem Conte schien es nicht an Geld zu man-
geln. Er ließ einen fast schwarzen Rotwein servieren zu
dem er erklärte: „Der Wein stammt von den Weinbergen

meiner Familie." Die Männer erhoben die Gläser und tranken. Der Wein war schwer und doch süffig, ganz nach Henrys Geschmack. „Das ist ein sehr guter Wein", lobte er. Felipe di Maletta strahlte ihn an und sagte: „Ich lasse Dir ein paar Kisten ins Boot geben, dann hast Du die Sonne Siziliens immer bei Dir." „Ich weiß gar nicht, wie ich Dir dafür danken soll", erwiderte Henry. Felipe machte eine wegwerfende Handbewegung und sagte: „Das ist doch Nichts, gemessen daran, dass Du mein Schiff gerettet hast." „Ohne das defekte Ruder wäre uns das viel schwerer gefallen", erklärte Henry, „Haben euch die Republikaner das Ruder zerschossen?" „Nein, das waren wir selbst", entgegnete Felipe lächelnd. Henry sah ihn fragend an. „Die Republikaner hatten uns unter Deck gedrängt, aber wir konnten die Niedergänge verteidigen. Als ich sah, dass sie Deine *Mermaid* mit meinem Schiff angreifen wollten, ließ ich ein Ruderseil kappen", erklärte Felipe. „Das war sehr hilfreich, lobte Henry. „Nur leider sind wir deshalb weiter auf Deine Hilfe angewiesen, Henry. Kannst Du uns nach Messina schleppen?", fragte Felipe, „Dort gibt es eine kleine Werft, die das Ruder rasch reparieren kann." „Natürlich, es ist mir eine Ehre, Dir behilflich zu sein", antwortete Henry mit einer leichten Verbeugung.

Später gab es ein sehr gutes und reichhaltiges Essen. Henry hatte die Mittelmeerküche bereits in Algier kennengelernt, doch mit dem, was Felipes Koch auffuhr, konnte sich das nicht messen. Er nahm sich vor, bei passender Gelegenheit einen sizilianischen Koch in seine Dienste zu pressen.

Während des Essens erfuhr Henry auch, wie Felipe zu seinen ausgezeichneten Kenntnissen der englischen Sprache gekommen war. Als junger Leutnant hatte er unter dem damaligen Comandante Caracciolo bei der Belagerung von Toulon gedient und war Verbindungsoffizier bei Admiral Hood. Als er den Namen Caracciolo erwähnte, spuckte er aus und Henry sah ihn fragend an. „Almirante Caracciolo ist ein verdammter Verräter. Als die Jakobiner unseren König aus Neapel vertrieben, folgte er ihm nach Palermo, doch in Palermo bat er um Urlaub und kehrte nach Neapel zurück. Jetzt befehligt er die Marine der Parthenopäischen Republik", erklärte Felipe.

Henry war schon ziemlich angeschlagen, als er sich von Felipe verabschiedete, um auf die *Mermaid* zurückzukehren. Insgeheim war er sehr dankbar, dass er in seine Gig keinen großen Abstieg zu bewältigen hatte. Trotzdem brauchte er die Hilfe seines Bootssteurers, um nicht über Bord zu gehen.

Es wurde eine Schlepptrosse ausgebracht und die *Mermaid* schleppte die *Lipari* in die Straße von Messina. Die Wind- und Strömungsverhältnisse in der Meerenge waren schwierig und so dauerte es geraume Zeit, bis der nahe Hafen von Messina erreicht wurde.

Die ehemalige Hauptstadt Siziliens bot keinen beeindruckenden Anblick. Im Jahre 1783 war sie von einem schweren Erdbeben heimgesucht worden, deren Spuren vielerorts noch immer zu sehen waren. Aber immerhin waren die Hafenanlagen und die Werft in einem guten Zustand, so dass der Reparatur der Ruderanlage der *Lipari* nichts im Wege stand.

8

Am nächsten Morgen verließ die *Mermaid* den Hafen von Messina und ging auf Ostkurs. Die Episode mit der *Lipari* hatte den vermeintlichen Zeitvorteil durch die Durchfahrung der Straße von Messina zunichtegemacht.

Henry stand auf dem Achterdeck und schaute zurück auf die Hafenstadt, die im Licht der aufgehenden Sonne rötlich schimmerte. Hinter ihm lagen aufregende Stunden. Die Familie Maletta hatte ihn mit offenen Armen empfangen. Man war dankbar für die Rettung des einzigen Sohnes aus den Fängen der Jakobiner und freute sich, einen Gast aus der alten Heimat der Familie zu empfangen. Die Malettas waren ungeheuer stolz auf ihre normannische Herkunft, obwohl ihr Urahn schon vor Jahrhunderten aus der Normandie nach Sizilien gekommen war. Als sich Henry verwundert zeigte, dass der Name der Familie überhaupt nicht normannisch klang, erklärte der alte Conte ihm: „Nachdem die Normannen Sizilien erobert hatten und Roger I. Lehen an seine normannischen Vasallen vergeben hatte, benannten sich diese fast ausnahmslos nach ihren neuen Besitztümern. So schufen sie eine Verbindung zu ihrem Land, vergaßen jedoch niemals ihre normannische Herkunft."

Am Abend wurde Henrys Rettungstat mit einem großen Fest gefeiert, zu dem alle Freunde der Familie geladen waren. Henry war es unangenehm, dermaßen im Mittelpunkt zu stehen, zumal er der Meinung war, nur seine Pflicht getan zu haben. Deshalb war er froh, als sich später die Gesellschaft ein wenig auflöste und aus dem Bankett ein

Tanzvergnügen wurde. Henry stellte fest, dass es seine Gastgeber verstanden, sich und das Leben zu feiern.

Natürlich wurde auch Henry immer wieder zum Tanz aufgefordert. Besonders eifrig war dabei Eleonora di Maletta, Felipes kleine Schwester. Sie war eine kleine und zierliche Frau mit pechschwarzen Haaren und dem Temperament eines Wirbelsturms. Obwohl sie wusste, dass Henry bereits vergeben war, flirtete sie ganz unverhohlen mit ihm. Am Ende des Abends war Henry froh, dass ihm die Vorschriften der Marine befahlen, an Bord zu übernachten, denn ansonsten wäre er arg in Versuchung geraten.

Unbewusst griff er nach dem Medaillon mit Annikas Bild, das er immer unter seinem Uniformrock trug. Obwohl nichts geschehen war, schämte er sich, denn es hatte wirklich nicht viel gefehlt und er wäre seiner Frau untreu geworden.

Während Henry seinen Gedanken nachhing, wies Mr. Ellis die jungen Gentlemen auf Scylla und Charybdis hin, die man am Vortage bei der Ansteuerung von Messina passiert hatte und die nun achteraus langsam verschwanden. Doch diese hatten wenig Interesse an klassischer Bildung. Sie sprachen noch immer aufgeregt vom gestrigen Abend, denn neben Henry und Joseph Townsend waren auch sie bei den Malettas eingeladen gewesen.

Schließlich reichte es Henry. Er begab sich auf die Leeseite des Achterdecks und sagte zu den drei jungen Herren: „Ihre mangelnde Aufmerksamkeit zeigt mir, dass es Ihnen an körperlicher Bewegung fehlt, Gentlemen. Sie werden bitte unverzüglich den Anstrich der Flaggenköpfe auf den Masten überprüfen. Mr. Walters, Sie begeben sich auf den

Großmast, Mr. Nutton auf den Fockmast und Mr. Riker auf den Besanmast. Und jetzt will ich hier Bewegung sehen."

Die Jungen starrten ihren Kommandanten erschrocken an, denn so verärgert hatten sie ihn noch nie erlebt. Dann nahmen sie die Beine in die Hand und enterten auf die ihnen zugewiesenen Masten. Da die Sonne inzwischen schon ordentlich brannte, kamen sie dabei schnell ins Schwitzen und Henry ärgerte sich, seine Schuldgefühle an ihnen ausgelassen zu haben.

Er hatte Joseph Townsend zum Frühstück eingeladen. Sein Freund war ausgesprochen guter Laune, denn auch er hatte einen sehr schönen Abend verbracht. Ihm waren die Gewissensbisse erspart geblieben, denn er war nicht vergeben.

Da die Vorräte in Messina aufgefrischt werden konnten, war das Frühstück sehr reichhaltig und abwechslungsreich. Henrys Laune besserte sich merklich. Immerhin war ja nichts geschehen und nur das zählte. Mit diesem Gedanken versuchte er, endlich einen Schlussstrich unter die ganze Sache zu ziehen. Als er sich jedoch später den Luxus gönnte, ein wenig auf der Rückbank vor den Heckfenstern seiner großen Kajüte zu ruhen, wurde in seiner Vorstellung Annikas Bild immer wieder von Eleonoras fröhlichem Lächeln überdeckt.

So konnte es nicht weitergehen. Henry raffte sich auf und ging an Deck. Mr. Larkin hatte die Wache und machte pflichtschuldigst die Luvseite des Achterdecks für seinen Kommandanten frei. Henry rief ihn jedoch zu sich und sagte: „Mr. Larkin, stellen Sie mir eine Geschützbesatzung

48

für das Heckgeschütz zusammen. Die wachfreien Offiziersanwärter sollen auf jeden Fall dabei sein."

Das Heckgeschütz war ein französischer Achtpfünder aus der Originalbewaffnung der *Mermaid*, als sie noch ein französischer Freibeuter war. Die sehr schön gearbeitete Kanone war im Ballast der *Mermaid* gefunden worden. Offenbar hatten sie auch die Werftarbeiter in Chatham beim Umbau als für zu schön für den Schmelzofen befunden und im Ballast untergebracht. Mr. Potter, der sich auf den ersten Blick in das gute Stück verliebt hatte, passte ihr eine Lafette an. Bei einem Gefecht gegen spanische Galeeren hatte sie dann ihre Feuertaufe erlebt. Seitdem stand sie, wenn sie nicht benötigt wurde, unter Henrys Schwingkoje.

Um die Kanone zu den Heckfenstern verholen zu können, musste die Zwischenwand, die Schlafkammer und große Kajüte trennte, entfernt werden. Die Möbel der großen Kajüte wurden, wie bei Gefechtsalarm, unter Deck geschafft. Jeeves machte zwar ein langes Gesicht und wollte schon protestieren, doch ein grimmiger Blick Henrys brachte ihn zum Schweigen.

Schließlich stand die Kanone an ihrem Platz vor dem mittleren Heckfenster. Hier befanden sich zwei Ringbolzen, so dass das Geschütz ordnungsgemäß getakelt werden konnte. Als endlich auch die Glasscheiben der Fenster in Sicherheit gebracht waren, konnte der Geschützdrill beginnen.

Zunächst wurde ohne scharfen Schuss geübt, bis jeder Mann der Geschützbesatzung jede Position innegehabt hatte. Dann ließ Henry ein altes Fass über Bord werfen. Er visierte das sich schnell entfernende Ziel an und steckte die

Lunte ins Zündloch. Ein ohrenbetäubender Knall, den Henry körperlich spürte, ertönte, die Kanone sprang zurück und der Raum füllte sich mit Pulverdampf.

Als sich der Rauch verzogen hatte, konnte Henry sehen, dass er das Ziel verfehlt hatte. Das Fass schwamm in bereits unerreichbarer Entfernung unbehelligt auf den Wellen. Henry fluchte laut, obwohl ein Treffer bei einem sich so rasch entfernenden Ziel ohnehin illusorisch gewesen war. Zugleich spürte er aber, dass der laute Knall der Kanone die gewünschte Wirkung erzielt hatte. Er fühlte sich wohl - wie nach einem reinigenden Gewitter.

9

Henry du Valle hatte von Lord Nelson erfahren, dass sich Sir Sidney Smith den Verteidigern Akkons angeschlossen hatte. Um nicht mit ganz leeren Händen bei seinem ehemaligen Kommandanten zu erscheinen, wollte Henry zunächst Kurs auf Jaffa nehmen und von dort der Küste nach Akkon folgen, um in Erfahrung zu bringen, wie weit Bonapartes Truppen bereits vorgerückt waren.

Zunächst war jedoch das Ionische Meer zu durchqueren. Dabei handelte es sich zwar um eine recht dicht befahrene Meeresgegend, da sich hier die Seewege zwischen Okzident und Orient sowie zwischen der Adria und der nordafrikanischen Küste kreuzten, doch für die *Mermaid* blieb der Horizont meist leer. Nur ganz selten erschienen die Segel kleiner Fischerboote am Horizont. In einem Gebiet, wo selbst Handelsschiffer gern einmal zu Piraten wurden, wenn man einem unterlegenen Schiff begegnete, hielten sich die Fischerboote jedoch fern und drehten rasch wieder ab, sobald sie die *Mermaid* sichteten.

Das änderte sich, sobald die Küste von Kreta erreicht wurde. Dicht vor der Küste fühlten sich die Fischer sicherer und ein Boot war sogar bereit, seinen Fang, einen gewaltigen Tunfisch, an die Offiziersmesse der *Mermaid* zu verkaufen. Das war eine höchst willkommene Bereicherung des Speiseplans, sowohl für die Offiziersmesse, als auch für den Kommandanten, das Cockpit und für die Messe der Decksoffiziere. Den Mannschaften durfte man freilich nicht damit kommen. Sie hätten jede Abweichung in ihrem zwar reichlichen, aber auch recht eintönigen Speiseplan entrüstet als Fraß von sich gewiesen.

Bevor sich Henry seinem saftigen Tunfischsteak hingeben konnte, kam ein größeres Segel in Sicht. Henry ging an Deck und erhielt von Mr. Larkin die Meldung, dass es sich um einen Dreimaster handelte. Da es Henry genauer wissen wollte, enterte er auf und nahm das fremde Schiff von der Bramsaling aus mit dem Fernrohr in Augenschein. Tatsächlich handelte es sich um ein dreimastiges Kriegsschiff etwa von der Größe der *Mermaid*, nur dass sein Freibord deutlich höher war. Henry erinnerte sich, dass die Kriegsschiffe des Osmanischen Reichs wegen der Kopfbedeckungen der Mannschaften über höhere Geschützdecks als westliche Kriegsschiffe verfügten. Handelte es sich also um ein türkisches Schiff?

Trotz dieser Vermutung befahl Henry vorsichtshalber Klarschiff zum Gefecht. Als sich das fremde Schiff soweit genähert hatte, dass man es auch von Deck aus sehen konnte, erkannte Henry die Flaggen. Eine Flagge war rot mit drei weißen Mondsicheln, ähnlich der Flagge von Algier, eine andere Flagge war rot mit einer weißen Mondsichel und einem achteckigen Stern. Das war eindeutig ein Türke.

Vorsichtshalber blieben trotzdem alle Mann auf ihren Gefechtsstationen. Das türkische Schiff hatte inzwischen beigedreht und befand sich auf einem Parallelkurs zur *Mermaid*. Henry stand an der Reling des Achterdecks und lüftete grüßend seinen Hut. Ein Mann auf dem Achterdeck des türkischen Schiffs, bei dem es sich offenbar um den Kapitän handelte, erwiderte den Gruß, indem er seine rechte Hand an sein Herz führte und eine leichte Verbeugung andeutete. Dann formte er seine Hände zu einem Trichter und rief auf Französisch: „Schiff ahoi! Welches Schiff?" Henry nahm sein Sprachrohr zur Hand und antwortete: „Seiner britischen Majestät Schiff *Mermaid*!" „Wohin fahren Sie, Mermaid?", kam die nächste Frage des türkischen Kapitäns. „Zielhafen Akkon! Wir sollen die Verteidiger von Akkon gegen die Franzosen unterstützen!", rief Henry zurück. „Gute Fahrt und Allahs Segen!", war die Antwort des türkischen Kapitäns. Dann hob er grüßend seine rechte Hand und sein Schiff drehte ab.

Die *Mermaid* setzte ihre Fahrt entlang der sonnenverbrannten Küste Kretas fort. Henry konnte sich nun endlich seinem Tunfischsteak hingeben. Dazu genoss er einen kühlen Rheinwein. Weil der Master die jungen Gentlemen in Mathematik unterrichten wollte, musste Henry seine Tageskajüte nach der Mahlzeit räumen und in die große Kajüte umziehen. Hier setzte er sich an das mittlere Heckfenster und beobachte den hellen Streifen, den der Rumpf durch die blaue See zog. Der Streifen verlief schnurgerade, ein

Zeichen dafür, dass die Rudergänger ihr Geschäft verstanden.

Der vor der Kajüte stehende Posten öffnete die Tür und meldete: „Sir, der Erste Leutnant für Sie." „Ich lasse bitten", antwortete Henry du Valle. Joseph Townsend kam hinein und Henry bot ihm einen Platz an seiner Seite an. Henry hatte seinen Freund eingeladen, den Nachmittag mit ihm zu verbringen. Da die Offiziersmesse bereits vor dem Kommandanten gespeist hatte, offerierte Henry einen Portwein zur Verdauung, was Joseph Townsend sehr gern annahm. Sie tranken sich zu. Dann sagte Henry: „Wenn der Wind durchsteht, werden wir übermorgen die Küste des Heiligen Landes erreichen."

Joseph Townsend nickte zustimmend und nahm noch einen Schluck, bevor er antwortete: „In der Offiziersmesse haben wir über General Bonaparte gesprochen. Selbst die englischen Zeitungen halten ihn für ein kleines Genie und so fragen wir uns, welche Chance wir an Land gegen ihn haben werden." Henry lächelte gequält. Ihn hatte diese Frage auch schon bewegt, zumal er sich keinen Illusionen bezüglich der Kampfkraft der osmanischen Truppen hingab. Die große Zeit der Hohen Pforte[15] war längst vorbei.

„Ich kann das gut verstehen", sagte Henry, „Ich habe mir auch schon ganz ähnliche Gedanken gemacht, aber ich kenne Sir Sidney Smith, der unser Befehlshaber vor Ort sein wird. Er ist ein überaus fähiger Offizier und hat durch seinen Bruder auch beste Verbindungen zu den Türken."

---

[15] Eigentlich das Tor des Topkapi-Palastes in Instanbul, wurde Hohe Pforte auch als Bezeichnung für die Regierung des Osmanischen Reichs verwendet.

„Du hältst große Stücke auf ihn", stellte Joseph Townsend fest. „Ja, ich habe ihn im Einsatz erlebt. Er ist ein Mann mit Ideen. Und ich verdanke ihm meine Karriere", antwortete Henry. Joseph Townsend lachte und sagte: „Na ein klein wenig hast Du selbst auch dazu beigetragen."

Henry trank seinem Freund zu und meinte dann: „Natürlich bleibt General Bonaparte ein harter Brocken. Er hat der Royal Navy ja bereits in Toulon eine Menge Schwierigkeiten bereitet. Ich glaube aber, dass wir mit unserer Schiffsartillerie einen wichtigen Beitrag leisten können. Mr. Ellis hat mir eine Karte von Akkon gezeigt. Die Stadt liegt auf einer Halbinsel. Das gibt uns gute Chancen, die französischen Stellungen mit unseren Geschützen zu bestreichen. Man darf nicht vergessen, dass Sir Sidney Smith bereits jetzt zwei Vierundsiebziger zur Verfügung stehen, das sind ohne unsere *Mermaid* schon einhundertachtundvierzig Kanonen. Kaum eine Landarmee kann sich so einer starken Artillerie rühmen."

Joseph Townsend lachte. „Dein Optimismus ist ansteckend, Henry", sagte er dann, „hoffentlich erreichen wir Akkon rechtzeitig, bevor sich die Franzosen wieder zurückziehen." „Darauf trinke ich", antwortete Henry, nun ebenfalls lachend.

10

Der Wind stand wie erhofft durch. In der Nacht wurde Kap Sideros passiert und somit lag die Küste Kretas hinter der *Mermaid*. Zur direkten Ansteuerung Jaffas war nur eine geringfügige Kurskorrektur nötig. Nachdem sie vorgenommen war, zog sich Henry in seine Schlafkabine zurück.

Da es eine ausgesprochen warme Nacht war, lag er noch lang wach. So lauschte er dem Knarren und Ächzen der Verbände. Er hörte, wie an Deck leise geglast wurde und wie sich schließlich der Wachwechsel vollzog. Dann schlief er endlich ein.

Als Henry am Morgen an Deck erschien, war der Wind leicht nach Nordwest ausgewandert. Es wehte nun eine kühle Brise, aber Joseph Townsend, der die Wache hatte, meldete stolz: „Wir machen 12 Knoten, Sir. Ist das nicht ein herrlicher Wind?" Henry lächelte seinen Freund an und sagte, während er den Kragen seines Uniformrocks hochschlug: „Ja, ein herrlicher Wind."

Obwohl er ein wenig fröstelte, begann Henry seinen morgendlichen Marsch über das Achterdeck. Das hatte er schon auf der guten alten *Clinker* so gehalten und auch auf der *Mermaid* hielt er diese Gewohnheit aufrecht. Schließlich sollten die Männer nicht lästern, der Kommandant wäre in der Ehe bequem geworden. Nach einer Weile nahm Henry den Geruch von frisch aufgebrühtem Kaffee wahr. Er beschleunigte seine Schritte und ging nach der letzten Runde sofort unter Deck.

Jeeves hatte in der Tageskabine das Frühstück serviert. Neben dem Kaffee gab es gebratenen Speck und Spiegeleier. Dazu hatte Jeeves noch einige Scheiben Weißbrot geröstet und mit Butter bestrichen, die auf den warmen Scheiben verlaufen war. Henry liebte ein gutes Frühstück und Jeeves wusste, dass er damit seine Laune für den ganzen Tag beeinflussen konnte.

Während Henry noch einen letzte Tasse Kaffee trank, meldete der Posten Kajüte: „Die jungen Gentlemen, Sir." „Sollen hereinkommen", antwortete Henry. Mr. Walters, Mr. Nutton und der junge Mr. Riker betraten die Tageskabine. Einmal in der Woche hatten sie dem Kommandanten ihre Tagebücher vorzulegen. Jeeves hatte noch nicht abgeräumt und ihre sehnsuchtsvollen Blicke fielen auf die übrig gebliebenen Brotscheiben.

Henry du Valle sah ihre Blicke und sagte: „Nehmen Sie Platz und bedienen Sie sich, Gentlemen." Die jungen Herren ließen sich das nicht zweimal sagen. Im Handumdrehen war der Teller leer und sie murmelten mit vollen Mündern ein gemeinschaftliches: „Danke, Sir." Henry musste lächeln. Es war gar nicht so lange her, dass er selbst mit knurrendem Magen im Cockpit der *Prince Rupert* gesessen hatte. Er wandte sich zur Tür und rief: „Jeeves, bringe noch etwas geröstetes Weißbrot, und den sizilianischen Käse."

Wenig später erschien der Steward mit den gewünschten Speisen. Obwohl er Henry du Valle einen leicht strafenden Blick zuwarf, weil dieser so freigiebig mit den streng gehüteten Vorräten des Kommandanten umging, hatte er noch eine Kanne Kaffee zubereitet, denn niemand, der die Gastfreundschaft seines Herrn, wenn auch mit zweifelhafter Berechtigung, genoss, sollte durstig von seiner Tafel aufstehen.

Schließlich hatten die Offiziersanwärter ihre unverhoffte Mahlzeit beendet und ergingen sich in Dankesbekundungen, die Henry mit einer Handbewegung abwehrte. Er stammte von Guernsey, wo man Gastfreundschaft als eine Selbstverständlichkeit betrachtete.

Die Kontrolle der Tagebücher war im Grunde nur eine Formalität, um sein Interesse an der Ausbildung der jungen Gentlemen zu zeigen. Erwartungsgemäß waren alle drei Tagebücher in einem hervorragenden Zustand, denn Mr. Ellis überwachte ihre Führung persönlich. Der Master hatte ein ausgesprochenes Talent für die Ausbildung von Offiziersnachwuchs. Das hatte sich bereits an Mr. Larkin gezeigt, der die Zeit in Deal für die Ablegung seiner Leutnantsprüfung genutzt hatte und auch an Mr. Lewis, dem anderen Steuermannsmaat, der ebenfalls bald soweit sein würde. Beide konnten bereits als Wachoffiziere eingesetzt werden, was Leutnant Townsend und dem Master das Leben ganz erheblich erleichterte.

Nachdem Henry du Valle die Tagebücher ausreichend gewürdigt hatte, stellte er zum Schrecken der Kadetten noch die Frage: „Wann haben Sie zuletzt nach Hause geschrieben?" Die drei Jungs sahen sich ratlos an, aber Henry hakte nach: „Nun, ich warte. Wie ist es bei Ihnen, Mr. Walters?" Mr. Walters war bereits Midshipmen und der älteste der drei. Er lief kurz rot an und sagte dann: „Ich weiß nicht, Sir." Die beiden anderen Offiziersanwärter schüttelten stumm die Köpfe.

Vermutlich hatte noch keiner von ihnen seit dem Auslaufen aus Deal nach Hause geschrieben. Das zeugte, wie Henry hoffte, davon, dass die Stimmung im Cockpit gut genug war, kein Heimweh aufkommen zu lassen, warf aber gegenüber ihren Eltern kein gutes Bild auf Henry.

Er sah sie strafend an und befahl dann: „Sie werden bis morgen jeder einen mehrseitigen Brief an Ihre Eltern senden. Berichten Sie von unserer bisherigen Reise, schreiben Sie über Palermo und Messina und über unser kleines Gefecht." „Aber meine Eltern leben getrennt", warf Mr. Nutton ein. „Dann werden Sie zwei Briefe schreiben, Mr. Nutton", entgegnete Henry kalt, „Und jetzt raus mit Ihnen, nehmen Sie Ihren regulären Dienst auf." Erschrocken über die plötzlich so eisige Stimmung grüßten die jungen Herren hastig und verließen eiligst die Tageskabine.

Als sich die Tür geschlossen hatte, prustete es aus Henry heraus und er musste herzlich lachen. Was war er nur für ein Heuchler, hatte er doch als Midshipmen auch nur die nötigsten Briefe nach Hause geschrieben. Doch die Eltern der ihm anvertrauten Kadetten hatten nun einmal ein Recht darauf, regelmäßig über die Fortschritte ihrer Söhne informiert zu werden, und bevor Henry ihnen persönlich schrieb, überließ er das lieber den jungen Gentlemen.

11

„Captain, wachen Sie auf. Wir haben Segel gesichtet." Henry du Valle wurde aus ein wunderschönen Traum gerissen, in dem er mit seiner Annika über ihre Ländereien ritt. Nur langsam erfasste er, was ihm Mr. Walters soeben zugeflüstert hatte. Das war ungewöhnlich, denn sein jahrelanger Dienst in der Royal Navy hatte Henry dazu erzogen, schon bei Kursänderungen oder einem Auffrischen des Windes schnell zu erwachen. Wahrscheinlich lag es daran, dass er in der Nacht zuvor so schlecht geschlafen hatte. Henry setzte sich auf und fragte: „Habe ich das richtig verstanden, wir haben Segel gesichtet?" „Ja, Sir, Mr. Ellis lässt Ihnen sagen, dass mindestens fünf Segel gesichtet wurden", antwortete Mr. Walters. „Hat er schon Klarschiff befohlen?", fragte Henry nach. „Ja Sir, aber in aller Ruhe. Er hofft, dass man uns gegen den Nachthimmel nicht so schnell bemerkt", sagte der Midshipman. „Sagen Sie dem Master, dass ich sofort komme", antwortete Henry.

Er zog sich rasch an, doch als er seine Schlafkammer verließ, stand die Zimmermannsgang schon ungeduldig bereit, nun auch die letzten Zwischenwände abzubauen. „Machen Sie weiter, Mr. Stuart", sagte er ein wenig schuldbewusst, denn er spürte die vorwurfsvollen Blicke des Zimmermanns und seiner Männer. Zugleich war er ein wenig beeindruckt, denn der Rest seines Quartiers war schon komplett ausgeräumt worden, ohne dass er es bemerkt hatte.

An Deck wurde Henry bereits voller Ungeduld vom Master erwartet. „Guten Morgen, Mr. Ellis, was haben wir?", fragte Henry. „Guten Morgen Sir, der Ausguck hat inzwischen sieben Segel gesichtet", antwortete der Master. Das wollte sich Henry persönlich anschauen. „Mr. Walters, mein Fernrohr bitte", befahl er. Als der Midshipman wenig später mit dem Fernrohr zurückkam, hängte Henry es sich um und erklomm den Fockmast.

Auf der Fockbramsaling wurde er von Giorgio begrüßt. Der junge Sizilianer hatte in Messina angeheuert, da das Fischerboot seiner Familie durch eine Sturmböe auf eine Klippe geworfen und vollständig zerstört worden war. In der Royal Navy hoffte er nun auf Prisengeld, um ein neues

Boot finanzieren zu können. Giorgio, der im Hafen aufge-
wachsen war, hatte dort genug Englisch aufgeschnappt,
um sich einigermaßen verständlich machen zu können.

„Buongiorno, Capitano, sieben Segel im Osten", sagte er
und deutete in Richtung der aufgehenden Sonne. Tatsächlich zeichneten sich vor dem Horizont sieben Segel, vermutlich kleinerer Schiffe ab. Henry du Valle setzte sein
Fernrohr an und fokussierte es auf die Segel. Es schien sich
nur um ein- und zweimastige Schiffe zu handeln. Doch
hinter diesen Segeln machte Henry weitere Schiffe aus. Da
war eindeutig ein Dreimaster, vielleicht eine Korvette oder
sogar eine Fregatte und zwei weitere kleine Schiffe. War
die Fregatte der Geleitschutz für diesen Konvoi?

Die Sonne stieg rasch höher und hinter den Schiffen konnten man nun eine schemenhafte Landmasse erkennen. Das
musste die Küste des Heiligen Landes sein. Südlich vom
Konvoi schien sich ein Hafen zu befinden. Henry vermutete, dass es sich um Jaffa handelte, denn die *Mermaid* befand sich ja auf direktem Kurs dorthin. Da die fremden
Schiffe von dort zu kommen schienen und auf einem
nördlichen Kurs segelten, folgerte Henry, dass es sich um
französische Schiffe auf dem Weg nach Akkon handelte.
Wollte General Bonaparte Akkon etwa von Land und See
aus angreifen? Henry du Valle hielt das für ein riskantes
Unterfangen, denn er wusste ja, dass sich Sir Sidney Smith
mit zwei Vierundsiebzigern dort befinden musste und
wahrscheinlich befanden sich bei ihm auch noch andere
britische Kriegsschiffe. Gegen solch eine Feuerkraft hatte
der französische Konvoi mit seiner einzelnen Fregatte
keine Chance.

Henry du Valle enterte ab und begab sich zum Achterdeck, wo Leutnant Townsend und Mr. Ellis auf ihn warteten. Er teilte ihnen seine Überlegungen mit und Mr. Ellis nickte zustimmend. „Ich denke, dass die Franzosen keine lange Belagerung riskieren wollen, denn mit Sicherheit schicken die Türken ein Heer, dass sich ihnen entgegenstellen wird. Also versuchen sie, Akkon mit einem Angriff aus allen Richtungen zu überrennen", meinte der Master.

Inzwischen konnte man die feindliche Flottille auch von Deck aus sehen und natürlich musste man dort auch die *Mermaid* gesichtet haben. Aber noch reagierten die Franzosen nicht darauf. Henry vermutete, dass sie sich von der französischen Bauweise der Sloop täuschen ließen.

Plötzlich ertönten Kanonenschüsse. Es war jedoch nicht erkennbar, wer sie abgegeben hatte und wem sie galten. „Große Schiffe greifen an!", rief Giorgio von oben. Henry du Valle enterte erneut auf, um sich selbst ein Bild zu machen. Durch sein Fernrohr konnte er sehen, dass sich tatsächlich zwei Linienschiffe den Franzosen von Norden her näherten. Eines der Schiffe erkannte Henry. Es war die *Theseus*, die unter dem Kommando von Captain Miller bei Aboukir mitgekämpft hatte. Henry mochte den jugendlich wirkenden Offizier, der zu Lord Nelsons engsten Freunden zählte. Der andere Zweidecker führte den weißen Breitwimpel eines Kommodore unter dem Kommando des Earl St. Vincent. Das musste die *Tigre* sein.

Die Franzosen reagierten sofort auf den feindlichen Beschuss, der allerdings, soweit Henry erkennen konnte, ohne Treffer geblieben war. Die Fregatte signalisierte wild und leitete eine Wende ein. Henry registrierte bewundernd, wie reibungslos das Manöver verlief. Ihr Kommandant war offensichtlich ein Könner und er hatte eine eingespielte Besatzung. Die kleineren Schiffe, es handelte sich um einige Briggs[16] und ansonsten um Tartanen[17], reagierten weniger gut. Zwei Tartanen kollidierten, eine Brigg segelte sich in der Wende fest. Auch die anderen Schiffe boten kein gutes Bild. Bei einer Brigg schien es sich um eine Prise zu handeln, denn sie führte unter der Trikolore noch die weiße Flagge mit dem Georgskreuz, wie alle zur Mittelmeerflotte gehörenden Kriegsschiffe.

Henry enterte wieder ab. Es galt nun, die *Theseus* und die *Tigre* zu unterstützen und den Franzosen den Rückzug in den sicheren Hafen von Jaffa abzuschneiden. Dafür befand sich die *Mermaid* auf dem richtigen Kurs, doch unter Gefechtssegeln war sie zu langsam. „Mr. Ellis, bitte lassen Sie Groß- und Focksegel setzen", befahl er. „Aye, Sir", bestätigte der Master und rief laut: „Groß- und Focksegel setzen!" Mr. Miles, der Bootsmann wiederholte mit seiner Donnerstimme: „Groß- und Focksegel setzen!" Sofort ertönten die Pfeifen der Bootsmannsmaate und die Topgasten strömten auf Groß- und Fockmast, um die Segel zu lösen. An den Masten standen die Kuhlgasten bereit, um die Segel ordentlich durchzusetzen.

Der Wind füllte die neu gesetzten Segel und die *Mermaid* machte deutlich mehr Fahrt. Doch die Fregatte stand besser zum Wind und passierte die *Mermaid* knapp bevor diese ihr den Weg verlegen konnte. Zwei Tartanen, die sich ganz

---

[16] Segelschiffe mit zwei vollgetakelten Masten.
[17] Typisches Segelschiff des Mittelmeerraums mit meist zwei Masten und Lateinersegeln

am Ende der Kolonne befunden hatten, konnten ebenfalls noch durchschlüpfen, ehe die Sloop den Sack zumachte.

Henry ließ die Backbord-Jagdkanone abfeuern, doch die Kugel landete vor der Fregatte im Meer. Während die Kanone nachgeladen wurde, kam die Mermaid ihrer Gegnerin näher und Henry ließ erneut feuern. Die Kanonenkugel versank knapp vor dem Heck der Fregatte in der See. Aber die Fregatte, deren Namen *Courageuse* Henry jetzt lesen konnte, wollte sich doch nicht ganz grußlos empfehlen. Sie luvte leicht an. Ihre Geschützpforten öffneten sich und Henry sah den Pulverdampf abgefeuerter Kanonen aufsteigen. „Alle hinlegen!", schrie er und warf sich auf das Achterdeck. Doch der nun folgende Kanonendonner fiel mehr als kläglich aus. Maximal vier Kanonen waren abgefeuert worden, ohne dass ihre Kugeln die *Mermaid* erreichten.

Henry raffte sich wieder auf. Also deshalb hatte die *Courageuse* so schnell die Flucht ergriffen. Sie war „en flûte"[18] unterwegs und hatte deshalb nur sehr wenige Kanonen an Bord. Demnach handelte es sich hier auch um keine Angriffsflotte, sondern man sollte wohl eher Nachschub für die französischen Truppen transportieren. Dann waren die sieben Schiffe, die sich nun zwischen der *Theseus* und der *Mermaid* in der Falle befanden, mit Sicherheit eine lohnende Beute.

---

[18] Bezeichnung für ein Kriegsschiff, das als Transportschiff verwendet wird und dafür einen Teil seiner Bewaffnung abgegeben hat.

Henry du Valle ließ die *Mermaid* beidrehen und die Karronaden ausfahren. Diese Geste wurde von den französischen Kommandanten verstanden. Sie holten ihre Flaggen nieder und drehten ebenfalls bei. Hinter ihnen schlossen die britischen Linienschiffe, beide waren Vierundsiebziger, auf. Schließlich drehten auch die Linienschiffe bei und richteten ihre bedrohlichen Breitseiten auf die unglückliche Flottille. Vom Flaggschiff stiegen Signalflaggen auf: „Prisen in Besitz nehmen."

Die Boote der *Mermaid* nahmen, geführt von Mr. Larkin und Mr. Walters, eine Brigg und eine Tartane in Besitz. Die anderen fünf Schiffe übernahmen die Boote der *Tigre* und der *Theseus*. Für die Verteilung des Prisengeldes war das ohnehin gleichgültig, denn es war bei der Royal Navy üblich, dass sämtliche Prisengelder zwischen allen in Sicht befindlichen Schiffen aufgeteilt wurden.

Wenig später signalisierte die *Tigre* erneut. Diesmal wurden die Kommandanten der *Theseus* und der *Mermaid* an Bord des Flaggschiffs gerufen. Henry hatte bereits damit gerechnet und seine beste Uniform angezogen. Die Kommandantengig lag ebenfalls bereit, so dass sie fast unmittelbar nach Bestätigung des Signals von der *Mermaid* abstoßen konnte.

12

Als die Kommandantengig der *Mermaid* die *Tigre* erreichte, ging Captain Miller gerade an Bord und Henry hörte das Spiel der Bordkapelle. Er wartete, bis das Begrüßungszeremoniell beendet war und kletterte dann die ausgebrachte

Jakobsleiter hinauf. Als er durch die Pforte das Deck betrat und die Flagge am Heck grüßte, spielte die Kapelle erneut „Heart of Oak", dieses in der ganzen Royal Navy beliebte Lied. Hinter der Ehrenformation der Marineinfanterie stand Sir Sidney Smith. Entsprechend seiner Stellung als Kommodore trug er eine Admiralsuniform[19], die mit dem aufgestickten Stern des schwedischen Schwertordens verziert war, den er mit ausdrücklicher Genehmigung von König Georg III. trug.

Henry du Valle grüßte ihn, indem er seinen Zweispitz abnahm und sich verbeugte, doch Sir Sidney Smith nahm ihn lachend in die Arme. „Herzlich willkommen, Captain du Valle. Ich freue mich, dass Sie Ihre Chance gut genutzt haben", sagte er. „Danke, Sir", stammelte Henry, „Das habe ich doch nur Ihnen zu verdanken, Sir." Hinter Sir Sidney Smith stand Captain Miller und zwinkerte Henry lächelnd zu. „Ich freue mich, Sie wieder zu sehen, Captain du Valle", sagte er mit seinem typisch amerikanischen Akzent, den er auch nach so vielen Jahren in der Royal Navy nicht abgelegt hatte. „Lord Nelson schrieb mir, dass Sie geheiratet haben, Sie Glückspilz. Dazu noch meine herzlichsten Glückwünsche", fuhr er fort und schüttelte Henrys Hand. „Was höre ich da? Dann sollten wir unbedingt unter Deck gehen und auf Ihre Frau anstoßen!", rief Sir Sidney Smith erfreut aus.

Die *Tigre* verfügte hinter der großen Kajüte über einen Balkon, auf dem ein kleiner runder Tisch und vier Stühle platziert waren. Dorthin führte Sir Sidney Smith seine Gäste.

---

[19] In der Royal Navy trug ein Kommodore in jener Zeit die Uniform eines Rear Admiral (deutsch Konteradmiral).

Sein Steward servierte kühlen Rheinwein. Der Wein wurde in der Bilge des Schiffs gelagert und war dort vor der Hitze, die in dieser Region des Mittelmeeres herrschte, geschützt.

Nachdem die beiden dienstälteren Offiziere nochmals ihrem jungen Kameraden gratuliert hatten, ließen sie seine Frau hochleben. Dann wurde es Zeit, sich um dienstliche Belange zu kümmern. Zunächst gab Sir Sidney Smith einen kurzen Überblick über die aktuelle Lage. „Die Franzosen rücken mit rund dreizehntausend Mann in Richtung Akkon vor. In der vergangenen Nacht haben sich unsere Beiboote der Küstenstraße genähert und die Franzosen mit Drehbassen und leichten Karronaden beschossen. Da die Franzosen lediglich mit Musketenfeuer antworteten, kamen wir zu dem Schluss, dass sie keine Artillerie mit sich führen. Da sie diese aber für die Belagerung von Akkon unbedingt brauchen, vermuteten wir, dass man die Belagerungsartillerie auf dem Seeweg transportiert", erzählte Sir Sidney Smith. „Nun, einen Großteil dieser Mörser und Haubitzen samt Munition und Pulver konnten wir heute erobern; unsere Vermutung war also richtig. Diese Geschütze sind für uns ein Geschenk Gottes, denn die Festungsartillerie von Akkon befindet sich in solch einem beklagenswerten Zustand, dass die Festung gegen eine europäische Armee eigentlich nicht zu halten ist", fuhr er fort.

Ein Midshipman betrat den Balkon und unterbrach den Kommodore mit der Meldung: „Mr. Wright ist soeben eingetroffen, Sir." Sir Sidney Smith sprang erfreut auf und befahl: „Er soll sofort zu mir kommen." Henry du Valle blickte erstaunt auf, denn er kannte einen Mr. Wright aus seiner Zeit auf der *Diamond*, die damals von Sir Sidney

Smith befehligt wurde. Der Kommodore bemerkte seine Überraschung und sagte lächelnd: „Sie irren sich nicht, Captain du Valle, wenn Sie jetzt an unseren alten Bordkameraden denken."

John Wesley Wright hatte damals an Bord der *Diamond* eine Sonderstellung eingenommen. Einerseits bekleidete er den Rang eines Midshipman, doch zugleich galt er als Privatsekretär des Kommandanten und war von allen Wachaufgaben freigestellt. Daneben führte er Geheimdienstoperationen an der französischen Küste durch, wobei ihn Henry du Valle auch unterstützt hatte.

Ein Mann in der Tracht eines Beduinen kam auf den Balkon. Trotz der Verkleidung erkannte Henry seinen alten Kameraden sofort und zwinkerte ihm lächelnd zu. Mehr erlaubte die Marinedisziplin im Moment nicht. John Wesley Wright meldete: „Sir, die örtlichen Nomadenstämme stehen den Franzosen feindlich gegenüber und werden ihre Nachschublinien durch gelegentliche Überfälle unsicher machen. Das ist, mit Verlaub, ohnehin ihre Hauptbeschäftigung neben der Viehzucht." Sir Sidney Smith rief hocherfreut: „Sehr gut, John, das ist ein weiterer wichtiger Mosaikstein, der uns helfen wird, den Franzosen standzuhalten." „Sir, leider war der wichtigste Teil meiner Mission weniger erfolgreich, obwohl ich die Unterstützung eines Gesandten von Jazzar Pascha hatte. Der Emir des Shihab-Stammes hat seine Neutralität erklärt", fuhr Mr. Wright fort. Der Kommodore machte eine wegwerfende Handbewegung und sagte: „Das würde ich fast schon als einen Erfolg bewerten. Immerhin sagt man Emir Bashir hinter vorgehaltener Hand nach, zum Christentum konvertiert zu sein, und die Maroniten haben traditionell enge

67

Beziehungen zu Frankreich. Mit der Neutralität hat er den besten Kompromiss zwischen Frankreichfreundlichkeit und seinen Verpflichtungen gegenüber Jazzar Pascha gefunden."

John Wesley Wright lächelte erfreut und antwortete: „Auf dem Rückweg traf ich auf Jirij Baz. Er ist der Mudabbir der Neffen des Emirs. Bashir hat ihren Vater auf dem Thron beerbt, was sie in eine gewisse Opposition zu ihm bringt. Baz ist bereit, sie zu einem Bündnis gegen die Franzosen zu bewegen. Darüber will er mit Ihnen, Sir Sidney, sprechen. Er wartet am Ufer auf mein Zeichen." „Mudabbir?", fragte Sir Sidney Smith. „Ein Mudabbir ist so etwas wie ein Berater, bei den beiden jungen Männern vielleicht auch ein Lehrer. Auf jeden Fall ist er sehr einflussreich und bevollmächtigt, mit Jazzar Pascha und den anderen türkischen Statthaltern der Region über die Zuteilung von Steuerpachten zu verhandeln", erklärte Wright. „Dann wollen wir ihn nicht warten lassen", erklärte der Kommodore.

An Captain Miller und Henry du Valle gewandt sagte er: „Gentlemen, ich denke, wir haben vorerst keine drängenden Themen zu besprechen. Kehren Sie auf Ihre Schiffe zurück und erwarten Sie meinen Befehl zur Rückkehr nach Akkon. Lediglich ein Problem wäre noch zu klären, die Besetzung der Kommandantenposten auf den eroberten Prisen. Captain Miller, Sie können die Kommandanten der *Dangereuse* und der *Deux Freres* bestimmen, Captain du Valle, Sie benennen bitte den Kommandanten der *Marie-Rose*. Beachten Sie dabei bitte, dass Sie Ihre ersten Leutnants in den nächsten Tagen, vielleicht sogar Wochen, dringend bei sich an Bord brauchen werden."

Henry hätte seinem Freund Joseph Townsend von ganzem Herzen ein eigenes Kommando gegönnt, doch der Hinweis des Kommodore, der gleichbedeutend mit einem Befehl war, verhinderte das. So entschied er sich für William Larkin, den Steuermannsmaat. Natürlich würde ihn Sir Sidney Smith bis zur Bestätigung durch den Earl St. Vincent nur als diensttuenden Leutnant in sein Kommando einsetzen können, doch zumindest war somit ein erster Schritt für diesen hoffnungsvollen Offizier getan.

Captain Miller und Commander du Valle wurden von Sir Sidney Smith an der Reling verabschiedet. Als beide in ihren Booten saßen, schor das Boot der *Theseus* an Henrys Kommandantengig heran. Captain Miller erhob sich und fragte: „Darf ich Sie, nachdem wir unsere Angelegenheiten an Bord geregelt haben, zu mir auf ein gutes Glas einladen, Captain du Valle?" Henry nickte zustimmend und antwortete: „Es wäre mir eine Ehre, Sir."

Die Kommandantengig der *Mermaid* hatte einen langen Weg durch die verstreuten Prisenschiffe zurückzulegen. Dabei suchte Henry nach der *Marie-Rose*, die sich als eine hübsche Tartane mit vier Kanonen erwies. William Larkin würde viel Freude an diesem schmucken Schiff haben.

An Bord der *Mermaid* bat Henry zunächst seinen Freund Joseph Townsend zu sich. Er begann ohne Umschweife: „Joseph, ich habe leider keine guten Nachrichten für Dich. Zwar hat mir Sir Sidney Smith die Möglichkeit gegeben, den Kommandanten für eine der Prisen, die er offiziell in Dienst stellen will, zu benennen, doch er erteilte Captain Miller und mir den Befehl, dabei unsere ersten Leutnants zu übergehen. Angesichts der bevorstehenden Kämpfe, zu

Wasser und zu Land, hat er dafür sehr gute Argumente. Ihr werdet an Bord unserer Schiffe dringend gebraucht." Joseph Townsend lächelte ein wenig gequält, als er antwortete: „Mach Dir deshalb keine Sorgen. Ehrlich gesagt habe ich nicht erwartet, dass man diese kleinen Schiffchen in Dienst stellt und als Prisenkommandanten hätte ich ohnehin eher einen unserer jungen Gentlemen erwartet. Auf wen ist denn Deine Wahl gefallen?" „Obwohl es ein schwerer Verlust für die *Mermaid* ist, habe ich William Larkin vorgeschlagen, denn die *Marie-Rose* soll den Feind in Ufernähe bekämpfen. Dafür braucht man einen guten Kommandanten und keine grünen Jungs", sagte Henry. „Das ist eine ausgezeichnete Wahl", stimmte Joseph Townsend zu.

Wenig später brachte ein Boot die Ernennungsurkunde für William Larkin und Henry du Valle bat den Steuermannsmaat in seine Kajüte. William Larkin meldete sich mit hochrotem Kopf bei Henry. „Sir, bitte schicken Sie mich nicht mit einer Prise nach Sizilien, wenn es hier zu einer großen Schlacht mit den Franzosen kommt", sagte er aufgeregt. Henry musste lächeln, obwohl dieser Gefühlsausbruch einen Verstoß gegen die Navy-Etikette war, so zeigte er doch auch, dass sich der junge Mann unbedingt auszeichnen wollte, um den ersten Schritt auf der Karriereleiter machen zu können.

„Nun, Mr. Larkin", sagte er, „Ich habe hier ein Schreiben von Kommodore Sir Sidney Smith. Kraft seiner Vollmacht ernennt er Sie zum dienstuenden Leutnant und Kommandanten der Tartane *Marie-Rose*, die als seiner Majestät Kanonenboot mit dem heutigen Tag in Dienst gestellt wird. Ich gratuliere Ihnen, Captain Larkin."

13

Es dauerte noch drei Stunden, bis ein stolzgeschwellter Leutnant Larkin in einer alten Leutnantsuniform, die Henry noch für den Tagesdienst auf See getragen hatte, und mit einem Zweispitz aus den Beständen von Leutnant Townsend auf dem Kopf, zur *Marie-Rose* übersetzte. Begleitet wurde er von Mr. Riker, dem Bootsmannsmaat McNeal, dem Quartermastermaat Hetfield, dem Geschützmeistermaat Tully und elf Seeleuten.

Der Abschied von Leutnant Larkin bedeutete einen schweren Verlust für die *Mermaid*, denn er hatte sich im letzten Jahr zu einem erfahrenen Wachoffizier entwickelt. Die beiden Midshipmen, Mr. Walters und Mr. Nutton, würden noch einige Zeit brauchen, seinen Standard zu erreichen.

Vom Achterdeck konnte Henry sehen, dass von der *Theseus* ebenfalls Boote abstießen. Dort schien man also auch fertig mit der Zusammenstellung der neuen Mannschaften zu sein. Derweil schien auf der *Tigre* alles ruhig zu sein. Die Verhandlungen dauerten wohl noch an. Henry beschloss, dass nun die Zeit für einen Besuch auf der *Theseus* gekommen war. Er zog wieder seinen besten Rock an und befahl Charlie Starr, die Kommandantengig bereit zu machen.

Captain Ralph Willett Miller begrüßte seinen Gast mit allen Ehren und führte ihn dann die die große Kajüte. Henry war überrascht von ihrer Einrichtung. Zwar enthielt auch sie die übliche große Tafel für offizielle Anlässe, doch daneben stand hier auch ein bequemes Sofa mit zwei Ohrensesseln und einem kleinen Tisch, der auch als Schachbrett fungieren konnte. Die Wände der Kajüte waren mit Bildern verziert. Die meisten Bilder waren Aquarelle, doch über dem Sofa hing ein großes Ölgemälde, das eine Stadtansicht zeigte und von den Porträts eines älteren Paares eingerahmt war. „Ich wusste nicht, dass Sie Gemälde sammeln, Sir", sagte Henry du Valle staunend. „Ich sammle keine Bilder, ich male sie", erwiderte Captain Miller. Henry war beeindruckt, denn die Bilder waren meist von ausgezeichneter Qualität.

„Die Stadtansicht ist mir unbekannt", sagte Henry. „Dann waren Sie wohl noch nie in Nordamerika. Das ist New York, meine Heimatstadt", antwortete Captain Miller. „Aber genug von meinen Bildern, wie wäre es mit einem guten Tropfen aus Madeira?", fragte er. „Sehr gern, Sir. Sie haben übrigens Recht, außer dem Mittelmeer kenne ich nur die Gewässer um England und die Ostsee", antwortete Henry du Valle.

Captain Miller nahm ein kleines Glöckchen und läutete damit. Ein livrierter Diener trat ein. „Bringe eine Flasche vom Madeira, den guten mit dem schwarzen Wachssiegel", befahl er. Wenig später kehrte der Diener mit einer Flasche, zwei Gläsern und einigen im Stil des Earl of Sandwich belegten Broten zurück. Er füllte die Gläser und zog sich mit einer leichten Verbeugung zurück.

„Auf Ihr Wohl, Captain du Valle", sagte Captain Miller. „Und auf das Ihre, Sir", gab ihm Henry Bescheid. „Lassen wir doch das Sir, wir haben oft genug gemeinsam an Lord Nelsons Tafel gesessen und können uns mit Fug und Recht als Teil seiner Bruderschaft bezeichnen", winkte

Captain Miller ab. Sie tranken den süßen Wein in einem Zug aus und Captain Miller füllte die Gläser nach.

„Apropos Lord Nelson, bist Du seiner Lordschaft begegnet?", fragte er dann. „Ja, das bin ich", sagte Henry. „Und welchen Eindruck hattest Du von ihm?", hakte Miller nach. Henry zögerte kurz und sagte dann: „Das ist eine schwierige Frage, denn meine Gefühle waren nach der Begegnung mit Lord Nelson recht zwiespältig." „Wegen der Frau?", hakte Captain Miller nach. „Ja, auch wegen der Frau", antwortete Henry, „Zunächst waren wir allein und ich sprach mit dem Nelson, den wir alle kennen und lieben. Dann kam Lady Emma und plötzlich war er ein anderer." „Zeigen sie ihr Verhältnis wirklich so offen, wie erzählt wird?", wollte Ralph Willett Miller wissen. Henry nickte bestätigend und sagte: „Ja, völlig offen, wobei ich den Eindruck habe, dass es vor allem sie ist, die die Öffentlichkeit sucht. Es scheint fast, als wollte sie sich mit ihm wie mit einer Trophäe schmücken." „Und Nelson?", fragte Captain Miller. „Nelson wirkt dabei glücklich, sehr glücklich sogar", antwortete Henry. „Mein Gott, man sollte ihn vor dieser Frau schützen!", rief Miller aus. „Ich glaube, wenn es gelingt, ihn wieder auf See zu bringen, könnte wieder alles gut werden. An Land ist er dieser Frau nicht gewachsen", meinte Henry.

Fast wie auf Verabredung beendeten sie dieses heikle Thema und wandten ihr Gespräch nun anderen gemeinsamen Bekannten zu. „Ich hörte, der arme Berry[20] wurde ausgetauscht", sagte Captain Miller. „Ja und man hat ihm

---

[20] Edward Berry kommandierte während der Seeschlacht bei Aboukir Nelsons Flaggschiff *Vanguard*.

einen großen Empfang bereitet", antwortete Henry, „Er hat auch einen Bericht über die Schlacht geschrieben, der sich sehr gut verkauft. Außerdem erhielt er den Ritterschlag." „Also, Ende gut, alles gut", stellte Captain Miller fest. Henry nickte lächelnd. Captain Berry war nach der Seeschlacht bei Aboukir auf der *Leander* mit dem Bericht Nelsons nach Hause geschickt worden, jedoch nach wenigen Tagen von der bei Aboukir entkommenen *Généreux* aufgebracht worden.

Ein Midshipman betrat die Kajüte und meldete: „Sir, das Boot der Araber stößt von der *Tigre* ab." „Ich komme sofort an Deck", antwortete Captain Miller. Er und Henry leerten ihre Gläser und erhoben sich. Captain Miller nahm ein kleines Aquarell von der Wand, das er in ein Tuch einschlug. Dann gab er es Henry mit der Bemerkung: „Ein kleines Andenken an Aboukir". Henry war völlig überrascht, stammelte ein „Oh Danke, Sir…ähm…Ralph." Der winkte ab und meinte zum Abschied: „Alles Gute für Dich, Henry."

Henry kehrte auf die *Mermaid* zurück. Als er an Bord kam, signalisierte das Flaggschiff. „Nun, Mr. Nutton, was will uns der Kommodore mitteilen?", fragte Henry den diensthabenden Midshipman. „Anker lichten und dem Flaggschiff in Kiellinie folgen, Sir", antwortete der Midshipman errötend und sich innerlich ärgernd, dass sein Kommandant das Flaggensignal eher als er bemerkt hatte.

Die drei großen Schiffe holten ihre Anker ein, während die kleineren Schiffe nur beigedreht vor der Küste gelegen hatten. Die *Tigre* übernahm die Führung und die kleinen

Schiffe folgten, während *Theseus* und *Mermaid* am Ende der Kiellinie folgten.

Später packte Henry in seiner Kajüte Captain Millers Geschenk aus. Es zeigte die *Mermaid* vor Aboukir Island.

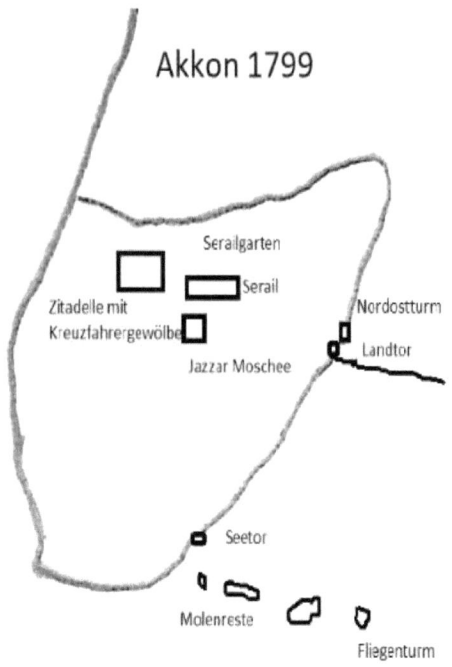

Akkon 1799

Serailgarten

Serail

Zitadelle mit
Kreuzfahrergewölbe

Nordostturm

Landtor

Jazzar Moschee

Seetor

Molenreste

Fliegenturm

14

Die alte Hafenstadt Akkon liegt am nördlichen Ende der langgezogenen Bucht von Haifa. Sie befindet sich auf einer Halbinsel, die wie ein Haken in die Bucht hineinragt. Diese Lage und ihr sturmgeschützter Hafen machten sie zur Zeit der Kreuzfahrer zum wichtigsten Hafen der Johanniter und Templer. Ihre Eroberung durch die Mameluken markierte das Ende der Kreuzfahrerstaaten und das endgültige Scheitern der Kreuzzüge.

Das britische Geschwader erreichte die Stadt noch bevor die die kurze Dämmerung einsetzte. Im Schein der roten Sonne wirkten ihre Festungswälle wie ein unüberwindliches Hindernis für jeden Angreifer. Doch wie so oft trog auch hier der schöne Schein. Mr. Ellis wusste den beiden verbliebenen Midshipmen zu berichten, dass die alte Kreuzfahrerfestung nach ihrem Fall geschliffen wurde, um nie wieder ein Stützpunkt für Kreuzfahrerheere sein zu können. Über Jahrhunderte lag sie fast verlassen da, bis Scheich Dhaher al-Omar vor rund sechzig Jahren die Stadt zu seiner Residenz machte, die Stadtmauer aus den Trümmern der alten Festungsanlagen errichten und seinen Serail[21] bauen ließ. Jetzt residierte hier Jazzar Pascha[22], der die Stadt weiter ausgebaut hatte.

Tigre, *Theseus* und *Mermaid* ließen ihre Anker vor dem Hafen fallen, der durch die Reste einer alten Mole markiert wurde. Die Kanonenboote schlossen sich ihnen an, denn kurz vor Sonnenuntergang wurde die Hafeneinfahrt mit einer großen Kette blockiert.

An der Südspitze der Halbinsel befand sich ein weiterer Hafen, der jedoch so klein war, dass er nur von Beibooten genutzt werden konnte. Von dort strebte eine Barkasse dem Flaggschiff zu. Wenig später wurden die Kommandanten zum Kommodore befohlen. Diese Aufforderung betraf auch die Kommandanten der kleinen Schiffe, so dass nun ein ganzer Schwarm von Booten der *Tigre* zustrebte.

---

[21] hier Palast
[22] hier Titel für einen Provinzgouverneur

Hier gab es einen kleinen Stau, denn jeder Kommandant sollte entsprechend der Marineetikette begrüßt werden. Natürlich ließ man dabei Captain Miller und Commander du Valle als den ranghöchsten Offizieren den Vortritt. Schließlich waren alle Kommandanten versammelt und wurden unter Deck gebeten. Dabei konnte Henry einen über das ganze Gesicht strahlenden Leutnant Larkin begrüßen.

In der großen Kajüte erwartete sie ein Offizier in der Uniform eines Colonels der Royal Engineers[23]. „Gentlemen, darf ich Ihnen Colonel Antoine de Phélippeaux vorstellen, er ist ein französischer Royalist und war nicht unwesentlich an meiner Flucht beteiligt", ergriff Sir Sidney Smith das Wort. Anschließend stellte er dem Colonel die einzelnen Kommandanten vor, der sich freute, einige Worte mit Henry du Valle in seiner Muttersprache wechseln zu können, denn auf Henrys Heimatinsel Guernsey wurde mehr Normannisch und Französisch als Englisch gesprochen.

Nachdem die Vorstellungsrunde beendet war, bat Sir Sidney Smith Colonel Phélippeaux um eine kurze Darstellung der Lage in Akkon. „Sir Sidney, Gentlemen", begann er mit einer leichten Verbeugung, „Die Lage ist ernster als Sie sich vorstellen können. Die Stadtmauer ist zwar hoch, aber nicht sehr dick. Einem schweren Beschuss wird sie nicht standhalten. Die Kanonen sind veraltet und waren bisher nur aufs Meer gerichtet. Es hat mich einige Überzeugungskraft gekostet, den Pascha zumindest zur Umgruppierung einiger Kanonen zu bewegen." „Dann habe ich eine gute Nachricht für Sie, Colonel, wir haben General Bonapartes

---

Belagerungsartillerie erbeuten können, und soweit ich die Materie verstehe, können Belagerungsgeschütze auch als Festungsgeschütze verwendet werden", warf Sir Sidney Smith ein.

„Sir, das ist eine großartige Nachricht, auch wenn sie unser Problem nur teilweise löst", sagte Phélippeaux, „Das Problem bleiben die schwachen Mauern. Ich habe Jazzar Pascha vorgeschlagen, hinter der Mauer einen Erdwall zu errichten, doch er jammert um seinen Garten. Außerdem hat er keine Männer, diesen Wall zu errichten, denn seine albanischen Söldner weigern sich, solche niederen Dienste zu verrichten."

„Ich werde selbst mit dem Pascha sprechen. Meine durch die Hohe Pforte erteilten Vollmachten haben Gewicht und werden ihn zum Einlenken zwingen. Zugleich sollten wir Arbeitskommandos aufstellen, die sich ebenfalls am Bau des Erdwalls beteiligen und die erbeuteten Kanonen aufstellen", erklärte Sir Sidney Smith.

Sir Sidney befahl, dass Captain Miller und Henry ihn begleiten sollten. Zuvor wurden jedoch noch die Aktionen der kommenden Nacht besprochen. Boote der *Tigre* und der *Theseus* sollten die französischen Truppen auf der Küstenstraße angreifen und möglichst großen Schaden anrichten.

Im Anschluss an die Besprechung ließen sich Sir Sidney Smith, Captain Miller und Henry du Valle, begleitet von Colonel Phélippeaux, ans Ufer rudern. Durch eine kleine Pforte in der Mauer wurden sie in die Stadt gelassen. Dort erwarteten sie einige Pferde, auf denen sie zum Palast ritten.

79

15

Jazzar Pascha residierte im Serail von Akkon, das sich im Schatten der Zitadelle, die auf den Gewölben der alten Kreuzfahrerburg erbaut wurde und der großen Moschee befand, die dereinst seinen Namen tragen würde. Einstweilen war die Moschee aber noch zu großen Teilen eine Baustelle.

Der Weg zum Serail führte durch die engen und gewundenen Gassen der Stadt. Im Ehrenhof des Serails hielten die Reiter an und saßen ab. Eine Ehrenwache aus sechs abenteuerlich anmutenden Albanern geleitete sie in den Empfangssaal, wo Jazzar Pascha auf einem riesigen Diwan thronte, der dem des Dey von Algier in Nichts nachstand, wie Henry für sich bemerkte.

Sir Sidney Smith grüßte den Pascha und stellte Henry vor. Seine anderen Begleiter waren dem Pascha bereits bekannt. Jazzar Pascha nickte Henry gnädig zu und bat dann seine Gäste in geläufigem Französisch, Platz zu nahmen. „Und, Sidney Effendi[24], bringst Du gute Nachrichten von unserem gemeinsamen Feind?", fragte Jazzar Pascha. „Die Nachricht ist gut, Hoheit, doch die Gefahr ist noch lange nicht gebannt", antwortete Sir Sidney Smith. „So sprich, mein Freund", forderte ihn der Pascha auf. „Gern, mein Freund", entgegnete Sir Sidney Smith, „Es ist uns gelungen, die Schiffe mit der französischen Belagerungsartillerie zu erobern." Jazzar Pascha sprang auf und rief: „Das sind

---

[24] Effindi hier in der Bedeutung von Herr als Höflichkeitsanrede

ja ganz hervorragende Neuigkeiten. Damit sind die Franzosen zahnlos und können uns nicht gefährlich werden!" Der Kommodore schüttelte bekümmert den Kopf: „Leider stimmt das nicht ganz. Es ist natürlich ein Verlust für die Franzosen, doch ihnen bleibt noch ihre leichte Artillerie, und den Mauern von Akkon können auch diese gefährlich werden." „Was sollen wir dagegen tun?", fragte Jazzar Pascha. „Es bleibt dabei, Hoheit, wir brauchen einen zweiten Wall", antwortete Sir Sidney Smith. „Aber wer soll ihn bauen, Sidney Effendi? Und mein Garten wird zerstört. Und die Ruhe meines Harems ist in Gefahr", wandte der Pascha ein. „Denke daran, was in Jaffa geschah", warnte Sir Sidney Smith, „Lass Deine Soldaten graben." „Aber sie sind Helden und keine Sklaven", entgegnete der Pascha. „Auch sie mögen an Jaffa denken", antwortete Sir Sidney Smith.

Schließlich willigte der Pascha ein, einen Wall hinter der Stadtmauer bauen zu lassen. Die Bürger der Stadt sollten daran arbeiten, nur im Bereich des Harems sollten die Truppen des Paschas die Arbeit übernehmen. Sir Sidney Smith sagte zu, dass sich auch die Seeleute und Soldaten seines Geschwaders an der Arbeit beteiligen würden. Zugleich sollten sie auch die erbeuteten Geschütze aufstellen. Zum größten Teil handelte es sich dabei um Mörser und Haubitzen, die für die indirekte Beschießung vorgesehen waren. Deshalb schlug Colonel Phélippeaux vor, diese hinter dem Wall zu platzieren. So wären sie auch bei einem Durchbruch der Franzosen immer noch geschützt. Dagegen waren die türkischen Kanonen auf den Türmen der Stadtmauer aufgestellt worden, denn sie taugten nur für den direkten Beschuss.

Captain Miller und Henry du Valle kehrten auf ihre Schiffe zurück, während die anderen Herrschaften einen Verteidigungsplan für die Stadt erstellten. Als Fachmann war hier natürlich Phélippeaux federführend. Außerdem hatte er den Vorteil, General Bonaparte genau zu kennen, denn sie gehörten beide zum Jahrgang 1785 der École Militaire[25]. Phélippeaux hatte als Einundvierzigster abgeschlossen und Bonaparte als Zweiundvierzigster.

Henry du Valle übergab das Kommando der *Mermaid* an Leutnant Townsend und kehrte mit dreißig Mann, darunter alle Marineinfanteristen, an Land zurück. Mit ihnen wollte er sich an der Errichtung des Erdwalls beteiligen. Colonel Phélippeaux nahm sie am Ufer in Empfang und geleitete sie zum Landtor. Dieses befand sich im Nordosten der Stadt, unweit der Stelle, wo die Halbinsel ins Meer ragte. Daneben befand sich der mächtige Nordostturm, auf dem sich bereits zwei türkische Kanonen befanden. Das Landtor war neben dem Seetor an der Südspitze der Halbinsel der einzige Zugang zur Stadt.

Hier nahm der Erdwall seinen Ausgang und erstreckte sich in weitem Bogen bis zum westlichen Ende der Stadt. Wegen des Tores war dieser Abschnitt von überragender strategischer Bedeutung und Colonel Phélippeaux legte deshalb Wert darauf, dass der Wall an dieser Stelle von den Briten erbaut wurde.

Da die Arbeiten in der Nacht erfolgten, brannten zur Beleuchtung Dutzende Fackeln und einige Lagerfeuer. Da

---

[25] 1751 in Paris gegründete Militärschule für die Offiziersausbildung verarmter Adliger

letztere vor allem mit Kameldung unterhalten wurden, verbreitete sich ein, für die Nasen der Briten, ungewohnter Geruch. Die Arbeiten begannen zunächst mit der Aufschichtung von Steinen, die auf Esel- und Kamelkarren aus den Ruinen der Umgebung von Akkon herbeigeschafft wurden und dem Erdwall eine gewisse Festigkeit gegen Kanonenkugeln verleihen sollten.

Durch die Steine wuchs der Wall rasch auf die Höhe von ungefähr einem Meter an. Dann wurde damit begonnen, vor dem Wall einen Graben auszuheben und mit dem Aushub bedeckte man den niedrigen Steinwall.

Am Morgen wurden die Männer durch Marineinfanteristen der *Theseus* abgelöst. Während die Marineinfanteristen der *Mermaid* an Land blieben, kehrte Henry mit den Seeleuten zurück an Bord. Hier erwartete ihn Jeeves mit einem opulenten Frühstück und einer großen Kanne Kaffee. Der Kaffee belebte Henry nur kurzzeitig, dann kehrte die Müdigkeit mit Macht zurück. Nachdem Leutnant Townsend noch kurz von den Ereignissen der Nacht berichtet hatte, der Bootsangriff der *Tigre* und der *Theseus* auf die französische Marschkolonne auf der Küstenstraße war erfolgreich verlaufen, fiel Henry in einen tiefen und traumlosen Schlaf. Gegen Mittag weckte ihn die Mittagshitze. Obwohl es erst März war, brannte die Sonne erbarmungslos. Henry nahm eine schnelle Mahlzeit aus gebratenem Hammelfleisch ein und ließ sich wieder an Land rudern. Mit ihm kamen vierzehn Mann, hauptsächlich Handwerker.

Den Rest des Tages verbrachten sie damit, eine Geschützstellung für zwei Haubitzen zu errichten. Für den Fall, dass die Stadtmauer durchbrochen wurde, stellte man zu ihrem Schutz noch eine Karronade auf die Krone des Erdwalls. Alle diese Geschütze sollten von Matrosen der *Mermaid* bedient werden. Während der Arbeiten wurden sie von den Soldaten auf dem Nordostturm beobachtet und teilweise mit spöttischen Kommentaren bedacht. Bei den Soldaten handelte es sich um türkische Artilleristen, im Gegensatz zu den albanischen Hilfstruppen, die den größten Teil der Garnison von Akkon ausmachten. Offenbar hielten sie den Bau des Erdwalls für vollkommen überflüssig. Die britischen Seeleute verstanden zwar nicht, was ihnen die Artilleristen zuriefen, konnten sich ihren Sinn jedoch denken. Erbost begannen sie, kleine Steine auf den Turm zu werfen, was Henry sofort unterband.

Für die erneute Nachtschicht kehrten die Marineinfanteristen der *Mermaid* auf die Baustelle zurück. Sie hatten den Tag in den kühlen Gewölben der alten Kreuzfahrerburg verbracht und waren dementsprechend ausgeruht. In der Kühle einer leichten Brise von See her ging die Arbeit gut voran, so dass gegen Mitternacht ein provisorischer Wall errichtet war, der aber in den nächsten Tagen weiter ausgebaut werden sollte, falls es die Verhältnisse erlauben sollten.

Während die Marineinfanteristen in die Kreuzfahrerburg und die Seeleute auf die *Mermaid* zurückkehrten, wurde Henry auf die *Tigre* gerufen. Hier wurde die Beteiligung der Schiffe und Kanonenboote an der Verteidigung der Stadt besprochen.

Tigre und *Mermaid* sollten mit einigen Kanonenbooten, darunter der *Marie-Rose*, östlich der Halbinsel ankern und mit ihrer Artillerie die Verteidiger des Landtores unterstützen, während die *Theseus* mit den restlichen Kanonenbooten an der Westseite operieren würde. In unregelmäßigen Abständen sollten aber auch Patrouillenfahrten nach Süden unternommen werden, denn es war damit zu rechnen, dass zumindest ein Teil des französischen Nachschubs über See kommen würde. Henry du Valle machte geltend, dass seine mit Karronaden ausgerüstete Sloop nur die beiden Jagdkanonen im Bug zum Küstenbeschuss einsetzen konnte. „Ich habe bereits über dieses Problem nachgedacht", sagte Sir Sidney Smith, „und ich teile Ihre Einwände, doch in unserer gegenwärtigen Situation wird es auf jede Kanone ankommen. Sein Sie aber versichert, dass ich Sie vorrangig auf Patrouille schicken werde."

16

Kurz nach Sonnenaufgang meldeten die Wachen auf den östlichen Türmen der Stadtmauer die Annäherung der Franzosen durch lautes Geschrei und Schüsse in die Luft. Henry du Valle wurde davon wach und ging sofort, nur mit Hose und Hemd bekleidet, an Deck. Auch hier meldete der Ausguck die vermutliche Sichtung des französischen Heeres.

Henry ließ sich sein Fernrohr holen und enterte auf. O'Brian war heute früh der Ausguck und zeigte nur stumm mit der rechten Hand die Peilung an.

Henry hätte den staubigen Lindwurm, der langsam auf der Küstenstraße vorankroch, auch ohne diesen Hinweis entdeckt, denn an Stelle der erwarteten Marschkolonne sah man nur eine gewaltige Staubwolke, die sich über mehrere Kilometer erstreckte. Beim gegenwärtigen Marschtempo würden die Franzosen noch Stunden bis Akkon brauchen. Henry hatte vorerst genug gesehen. Wieder an Deck befahl er, die Sichtung an das Flaggschiff zu melden und ging wieder unter Deck, wo ein ungewöhnlich reichhaltiges Frühstück auf ihn wartete.

Auch wenn Henry lieber unabhängig auf hoher See kreuzte, hatte die Liegezeit vor Akkon doch ihre Vorteile. Es gab jederzeit frisches Fleisch und im Gegensatz zu seinen Matrosen, die auf ihrer gewohnten Schiffskost bestanden, genoss Henry auch das frische Gemüse, das auf den Märkten der Stadt angeboten wurde. Sobald die Franzosen die Stadt erreichten, würde es damit vorerst vorbei sein.

Ungefähr eine Stunde vor Mittag fiel die große Staubwolke über der Marschkolonne langsam in sich zusammen und man konnte einzelne Details erkennen. Offensichtlich rasteten die Franzosen, um die Mittagshitze abzuwarten. Von der Besanbramsaling aus konnte Henry mit seinem Fernrohr erkennen, dass die Franzosen tatsächlich Artillerie mit sich führten. Von Major Douglas, dem Chef der Marines auf der Tigre hatte Henry gehört, dass jede Division der Franzosen vier leichte Feldgeschütze besaß. So zahllos, wie es Jazzar Pascha gehofft hatte, waren sie also wirklich nicht.

Als die Mittagshitze langsam nachließ, setzte sich die Marschkolonne der Franzosen wieder in Bewegung. Wieder baute sich über ihr eine gewaltige Sandwolke auf, die bald alle Einzelheiten verschluckte. Nach einiger Zeit löste sich ein Teil von der Kolonne und bewegte sich mit deutlich höherer Geschwindigkeit auf Akkon zu.

„Sir, das Flaggschiff signalisiert", meldete Mr. Nutton und riss Henry damit aus seinen Überlegungen. „Sehr schön, Mr. Nutton – aber was wird denn signalisiert?", fragte er. „Kommandanten auf das Flaggschiff, die Nummern der Theseus und unsere Nummer wurden dazu gesetzt", antwortete der Midshipman hastig. „Bestätigen Sie", befahl Henry und ging unter Deck. Innerlich grinste er, bemerkte er doch den Ärger des Midshipman darüber, dass er nun schon zum zweiten Mal kurz hintereinander bei Signalen vom Flaggschiff gepatzt hatte.

Hier hatte Jeeves die gute Uniform bereits zurechtgelegt. Henry wusch rasch sein Gesicht und zog sich an. Dabei überlegte er, wieviel kostbare Zeit bei der Marine wohl dadurch verschwendet wurde, sich andauernd umzuziehen, um bestimmten Etiketten zu genügen. Fünf Minuten später stieß die Kommandantengig von der *Mermaid* ab und strebte der *Tigre* zu. Er traf kurz vor Captain Miller ein, der von Land kam, wo er seine Männer besucht hatte.

Die Freunde begrüßten sich und enterten gemeinsam auf, wo sie Sir Sidney Smith mit allen Ehren begrüßte. Der Kommodore war bester Stimmung. Das lag zum einen an den erstaunlichen Fortschritten, den die Verteidigungsbemühungen in der Stadt dank der hervorragenden Kenntnisse Colonel Phélippeauxs in den letzten zwei Tagen gemacht hatten, zum anderen aber auch an der Aussicht auf einen heißen Tanz mit den Franzosen, sobald diese endlich Akkon erreicht hatten.

„Gentlemen, nach der Einschätzung von Colonel Douglas, den ich vorhin in der Stadt besucht habe, werden die Franzosen noch heute Akkon erreichen", sagte Sir Sidney Smith. „Colonel?", fragte Captain Miller. „Ja, ich habe ihm diesen Rang zeitweilig verliehen, damit er den türkischen Offizieren übergeordnet ist und ihnen Befehle erteilen kann", erklärte der Kommodore. Tatsächlich wurde bei den Royal Marines der Rang eines Colonels nur ehrenhalber an verdiente Persönlichkeiten verliehen, womit auch ein üppiger Ehrensold verbunden war.

Die drei Offiziere nahmen nun auf dem Balkon der *Tigre* Platz und Sir Sidney Smith ließ eine Flasche Rheinwein kommen. Das Gespräch plätscherte leicht dahin. Man sprach über gemeinsame Bekannte und lästerte über Jazzar Pascha und seine Albaner, die ein undisziplinierter Haufen waren. Henry gewann den Eindruck, dass Sir Sidney Smith nervös war und wohl deshalb die Gesellschaft seiner Kommandantensuchte. Dachte er an sein Gefecht in der Seinemündung[26], das mit seiner Gefangennahme geendet hatte? Oder war es das ganz normale Lampenfieber vor der vielleicht größten Herausforderung seiner bisherigen Karriere?

John Wesley Wright, diesmal in einer Leutnantsuniform, betrat den Balkon und meldete: „Sir Sidney, die Vorhut der Franzosen wird die Stadt in einer Stunde erreichen." Sir Sidney Smith nickte und sagte: „Dann wollen wir uns an Land begeben und die Franzosen einmal näher betrachten."

---

[26] Siehe Band 1: Korsaren und Spione

Gemeinsam kletterten sie in den Kutter der *Tigre* und ließen sich zum Seetor rudern, während die Boote der *Theseus* und der *Mermaid* folgten. Henry saß neben Leutnant Wright. „Wir hatten noch gar keine Gelegenheit, miteinander zu sprechen", sagte er zu seinem ehemaligen Bordgenossen. „Das stimmt, Henry, deshalb nun meine herzlichsten Glückwünsche zu Deiner Karriere und der schmucken Sloop", antwortete Wright. „Und ich beglückwünsche Dich zu Deiner Beförderung und vor allem zu Deiner Flucht aus den Fängen der Franzosen", entgegnete Henry. Leutnant Wright antwortete lachend: „Leider ist meine Beförderung vorerst nur eine vorläufige und meine Freiheit verdanke ich vor allem dem Mut Colonel Phélippeauxs."

Der Kutter erreichte die Hafenmauer und man begab sich zum Landtor, wo man die Franzosen am ehesten erwartete, denn hier endete die Küstenstraße. Von den Zinnen des Tores, das sich fünfzig Meter neben dem mächtigen Nordostturm befand, konnte man sehen, wie sich eine Kavalkade von Reitern mit großer Geschwindigkeit näherte.

Ein Reiter löste sich aus dem Pulk und ritt auf das Tor zu. Er trug eine dunkelblaue Uniform mit goldenen Epauletten, eine hellblaue Seidenschärpe und einen Zweispitz. In der rechten Hand hatte er einen Säbel. Sobald er sich auf Rufweite genähert hatte, parierte er sein Pferd und rief: „Ich bin General Murat, im Namen der Republik Frankreich: Öffnet das Tor!"

Sir Sidney Smith zog ebenfalls seinen Säbel und sprang auf eine Zinne, so dass Henry für einen Augenblick fürchtete, er würde hinunterstürzen. Aber der Kommodore hielt die Balance und antwortete: „Ich bin Kommodore Sir Sidney

Smith, Befehlshaber der vereinigten britischen und osmanischen Truppen. Das Tor bleibt geschlossen!" „So soll das Schwert entscheiden", erwiderte General Murat und ritt zurück zu seiner Truppe.

17

General Bonapartes Syrienarmee erreichte Akkon am 20. März 1799. Die Armee bestand aus vier Infanteriedivisionen unter den Generälen Reynier, Kléber, Bon und Lannes, einer Kavalleriedivision unter General Murat, einer gemischten Brigade aus Infanterie und Kavallerie unter Chef de brigade[27] Bessiéres, der Artillerie unter General Dommartin und dem Genie- und Sappeurkorps[28] unter General Caffarelli, sowie einer Kamelkompanie. Insgesamt war das Heer ungefähr dreizehntausend Mann stark.

Problematisch war der Verlust der Belagerungsartillerie auf den vom Geschwader unter Sir Sidney Smith eroberten Kanonenbooten, so dass das reguläre Artilleriekorps zunächst ohne schwere Geschütze war. Was blieb waren einige leichte Feldkanonen, die jedoch, richtig eingesetzt, den Mauern von Akkon durchaus gefährlich werden konnten. Und General Bonaparte kannte sich damit aus, war doch sein Stern durch seinen geschickten Einsatz der Artillerie bei der Belagerung von Toulon aufgegangen.

---

[27] Chef de brigade ersetzte von 1793 bis 1803 in Frankreich den Rang des Colonel
[28] Als Genieoffiziere bezeichnete man damals Pioniere im Offiziersrang, Sappeure waren auf Grabenbau und Belagerungen spezialisierte Pioniertruppen

Sofort nach ihrer Ankunft riegelten die französischen Truppen die gesamte Halbinsel ab. Es wurden parallel zur Stadtmauer Gräben ausgehoben, um den Belagerern Schutz vor feindlichem Beschuss zu bieten. In sicherer Entfernung entstanden zudem mehrere Zeltlager. General Bonapartes Hauptquartier wurde auf einem Hügel aufgeschlagen, von dem man eine gute Sicht auf das gesamte Schlachtfeld hatte.

Unter der Anleitung von Colonel Phélippeaux schossen sich die erbeuteten Mörser und Haubitzen auf die französischen Stellungen ein. Noch konnte man damit keinen Schaden anrichten, denn ihre maximale Reichweite lag knapp vor den Laufgräben. Allerdings konnten die französischen Feldgeschütze ebenfalls noch nicht eingesetzt werden. Das würde sich in den kommenden Tagen ändern, wenn die Gräben gemäß der üblichen Belagerungstaktik näher an die Stadt heranrückten.

Colonel Phélippeaux sah das Landtor und die Mauer zwischen dem Tor und dem Nordostturm als neuralgische Punkte der Verteidigung an. Deshalb ließ er in diesem Bereich seinerseits ebenfalls Gräben anlegen, die einen direkten Sturmangriff der Franzosen unterbinden sollten.

Henry du Valle verbrachte den Abend an Bord der *Mermaid*. Weil Leutnant Townsend die Seeleute und Marineinfanteristen der Sloop in Akkon befehligte, war es ein sehr ruhiger Abend und Henry nutzte die Zeit, an Annika zu schreiben. Da sich die *Mermaid* in den letzten Wochen kontinuierlich von Großbritannien wegbewegt hatte, war er die ganze Zeit ohne Post geblieben. Er sehnte sich immer mehr nach einer Nachricht von seiner geliebten Frau.

Nachdem er mehrere Seiten geschrieben hatte - es handelte sich um eine Art Endlosbrief - an dem er bis zur nächsten Gelegenheit, Post zu versenden, weiterschreiben würde, ließ er sich eine Flasche Portwein kommen. Vor dem ersten Schluck dachte er darüber nach, dass die Einsamkeit des Kommandanten die Gefahr in sich barg, der Trunksucht zu verfallen. Da wäre es vermutlich keine gute Idee, eine Flasche Portwein zu leeren. Vorsichtig goss er den Inhalt seines Glases zurück in die Flasche, die er anschließend wieder verkorkte. Es würde bessere Gelegenheiten für einen guten Schluck geben.

Stattdessen rief er nach einer Kanne Kaffee. Zehn Minuten später erschien Jeeves mit dem heißen Getränk. Vorsichtig trank Henry eine erste Tasse und verbrannte sich dennoch die Zunge. Er spürte eine undefinierbare Unruhe in sich und ging an Deck, wo der Master die Wache hatte. Mr. Ellis machte Meldung und fragte dann besorgt: „Gibt es ein Problem, Sir?" „Nein, Mr. Ellis, es ist nur die Unruhe vor dem Sturm. Vor einem Gefecht auf See bin ich die Ruhe selbst, denn ich kann mich auf meine Mannschaft und auf mich selbst verlassen. Aber diesmal liegen die Dinge anders. Wir erwarten einen erfahrenen Feind an Land und ich frage mich, ob wirklich alles vorbereitet, alles bedacht wurde", antwortete Henry, der in den Augen des Masters heute ungewöhnlich gesprächig wirkte.

Das fiel jetzt auch Henry du Valle selbst auf. „Machen Sie weiter, Mr. Ellis", sagte er plötzlich wieder kurz angebunden. Um einen besseren Überblick auf die Situation an Land zu bekommen, enterte Henry auf den Fockmast, denn die *Mermaid* war der Küste mit dem Bug zugewandt, um beide Jagdkanonen einsetzen zu können.

An Land sah man die Wachfeuer der Belagerer und, weiter entfernt, die Feuer und Fackeln der Zeltlager. Obwohl die Tage bereits sehr heiß waren, kühlte es in der Nacht spürbar ab und Henry begann zu frösteln. Langsam enterte er wieder ab und zog sich in seine Kajüte zurück. Er schenkte sich gerade eine weitere Tasse Kaffee ein, als in der Ferne Kanonendonner und unregelmäßiges Gewehrfeuer ertönten.

Eilig kehrte Henry zurück an Deck. Der Master zeigte ihm die Peilung des Feuergefechts. Henry setzte sein Nachtglas an, doch außer den aufblitzenden Schüssen konnte er nichts erkennen. „Sind heute Nacht wieder Boote entlang der Küste unterwegs?", frage er den Master. „Aye Sir, Boote der *Tigre* und der *Theseus*", antwortete dieser. Henry du Valle dachte kurz nach. Offenbar war der Bootsangriff diesmal gründlich schiefgegangen und der Landungstrupp steckte in Schwierigkeiten. Nachdem er den Wind geprüft hatte, dieser stand günstig, um entlang der Küste nach Süden zu segeln, befahl er: „Mr. Ellis, lassen Sie den Anker lichten, Mars- und Klüversegel setzen." „Aye Sir", antwortete der Master kurz und gab nun seinerseits alle notwendigen Befehle.

Zehn Minuten später war die *Mermaid* auf dem Weg nach Süden. Zuvor hatte er noch Sir Sidney Smith per Lichtsignal von seiner Absicht unterrichtet und der Kommodore hatte bestätigt. Während die *Mermaid* entlang der Küste entlang glitt, sie machte dabei sehr gute Fahrt, hielten die Kämpfe unvermindert an. Als sie sich der Landungsstelle der Boote näherten, konnte Henry du Valle dank der durch das Feuergefecht verursachten Helligkeit die Lage überblicken.

Die Franzosen hatten aus ihren Fehlern während der letzten Nächte gelernt und Feldgeschütze in Richtung Küste in Stellung gebracht. Nachdem der britische Landungstrupp den Strand erreicht hatte und in Richtung des französischen Feldlagers vorgerückt war, schnappte die Falle zu. Fast ohne Deckung war der Landungstrupp dem feindlichen Feuer ausgesetzt und drohte nun sogar, von den am Strand wartenden Booten abgeschnitten zu werden.

Henry ließ die Backbordbatterie feuern. Die schweren Kugeln, die von den Zweiundreißigpfünder-Karronaden verschossen wurden, wirbelten hohe Sandfontänen auf, konnten die feindlichen Geschütze aufgrund ihrer geringeren Reichweite jedoch nicht erreichen. Aber immerhin schufen sie eine Art Schutzschild, hinter dem sich der Landungstrupp zu den Booten zurückziehen konnte. Eine weitere Salve verjagte die französischen Infanteristen, die versucht hatten, den Weg zu den Booten abzuschneiden.

Schließlich legte das letzte Boot vom Ufer ab und die Franzosen stellten das Feuer ein. Als sich alle Boote hinter der *Mermaid* versammelt hatten, konnte eine erste Bilanz gezogen werden. Neben unzähligen Verwundeten hatte es zwölf Tote, darunter acht Midshipman gegeben. Henry du Valle ließ die Verwundeten an Bord nehmen, wo sie von Doktor Harris versorgt wurden. Dann wurden die Boote in Schlepp genommen und die *Mermaid* machte sich auf den Rückweg.

Um zurück nach Akkon zu gelangen, musste die *Mermaid* gegen den Wind kreuzen. Für Henry und seine Besatzung bedeutete das eine sehr arbeitsreiche Nacht. Erst lange nach Mitternacht erreichten sie wieder die Reede von Akkon.

18

Der französische Angriff begann im Morgengrauen. Die Franzosen hatten im Schutze der Dunkelheit zwei Batterien[29] in Stellung gebracht. Dabei gingen sie so leise vor, dass sie von den Wachen auf der Stadtmauer unbemerkt blieben.

Nach einer halbstündigen Kanonade, die sich auf das Stadttor konzentrierte, so dass nach dieser Zeit einer der Torflügel komplett zerstört war, griff die Infanterie an. Zunächst blieben die Angreifer unbehelligt, denn die Geschützbesatzungen auf dem Nordostturm hatten sich in tiefer gelegene Räume in Sicherheit gebracht. So konnte auch der Verteidigungsgraben fast widerstandslos überrannt werden. Dessen Verteidiger hatten sich rechtzeitig zum Erdwall zurückgezogen.

An der Spitze der französischen Infanterie befanden sich einige Sappeure, die mit großen Äxten die Trümmer des Torflügels beseitigten und den anderen Flügel öffneten. Die Franzosen strömten siegessicher durch das Tor, denn ganz ähnlich waren auch die Belagerungen von al-Arisch und Jaffa verlaufen.

Doch in Akkon wurden sie von Leutnant Townsend und seiner Karronade erwartet. Er hatte sie mit gehacktem Blei laden lassen und feuerte das Geschütz nun ab. Ein lauter

---

[29] Eine Batterie bestand meist aus vier Kanonen

Knall ertönte und das Geschütz spuckte Feuer und Tod aus. Das gehackte Blei riss eine blutige Schneise in die Reihen der französischen Angreifer. Laute Schmerzensschreie ertönten. Sergeant Digbys Marineinfanteristen feuerten eine Salve ab, pflanzten ihre Bajonette auf und griffen, den Wall über angelegte Leitern hinabsteigend, an.

Inzwischen wurde auch von den Schiffen auf der Ostseite der Halbinsel das Feuer eröffnet, so dass die Angriffskolonne keine weitere Verstärkung erhalten konnte. Auch die Jagdgeschütze der *Mermaid* beteiligten sich am Gefecht. Dabei wurden die Kanonen von Henry und Mr. Potter, dem Stückmeister, persönlich gerichtet und abgefeuert.

Der französische Angriff brach zusammen. Wer unverletzt war oder zumindest noch laufen konnte, zog sich zurück. Jetzt feuerten auch die Kanonen auf dem Nordostturm und zwangen die ungedeckten französischen Geschütze zum Rückzug in entferntere Stellungen, so dass die französische Infanterie keine Artillerieunterstützung mehr hatte.

Die Marineinfanteristen der *Mermaid* sicherten das Tor, während sich die albanischen Soldaten in ihrem Rücken daranmachten, die zurückgebliebenen Verwundeten zu töten und allen Toten die Köpfe abzuschneiden, um sie ihrem Pascha als Trophäen zu präsentieren. Jeder Soldat, der Jazzar Pascha den Kopf eines Feindes brachte, wurde von ihm belohnt.

Leutnant Townsend versuchte vergeblich, das mörderische Treiben zu unterbinden. Gegen die Mordlust der Arnauten[30] kam er jedoch nicht an.

Colonel Phélippeaux kam hinzu. Er gratulierte Joseph Townsend zur erfolgreichen Abwehr des Angriffs. Mit der Hilfe einiger Handwerker von der *Tigre* kümmerte er sich persönlich um die Wiederherstellung des zerstörten Torflügels. Zusätzlich ließ er das Tor durch aufgeschichtete Sandsäcke verstärken.

Während sich die französische Infanterie unter den Augen von General Bonaparte, der auf seinem Feldherrnhügel stand, zurückzog, wurde diesem klar, dass er sich in Akkon auf eine längere Belagerung einrichten musste.

19

Noch vor der Mittagszeit wurden die Kommandanten aller Schiffe an Bord der *Tigre* gerufen. Der Wind war seit dem Morgen aufgefrischt und Mr. Ives, der Master der *Tigre*, rechnete mit einem Sturm. Da der Wind zunehmend auflandig wehte, wurde er für die größeren Schiffe zur Gefahr, weil ihnen der Hafen von Akkon mit seiner zerstörten Mole und der geringen Wassertiefe keinen Schutz bot, während die Kanonenboote einfach tiefer in den Hafen verholen konnten.

Sir Sidney Smith beschloss deshalb, dass *Tigre*, *Thesseus* und *Mermaid* den Sturm auf See abwettern sollten, während die Kanonenboote zum weiteren Schutz der Stadt vor Akkon

---

[30] Hier die Bezeichnung für albanische Söldner

blieben. „Captain du Valle", befahl er, „Sie übernehmen das Kommando über die Kanonenbootflottille. Die *Mermaid* übergeben Sie für diese Zeit an Leutnant Townsend." „Aye, Sir", antwortete Henry du Valle vollkommen überrascht.

Der Auftrag war überaus ehrenvoll und fast ein weiterer Schritt auf seiner Karriereleiter, denn immerhin kommandierte er erstmals ein kleines Geschwader. Doch obwohl er seine *Mermaid* in keinen besseren Händen als denen seines Freundes wissen konnte, wurde ihm bei dem Gedanken, sein Schiff ohne ihn auf See zu wissen, das Herz schwer. Henry erinnerte sich daran, wie er die *Mermaid* in Algier zurückgelassen hatte, um die französische Flotte vor Alexandria zu suchen.

Für die Dauer seines neuen Kommandos sollte Henry du Valle auf die *Foudre* wechseln. Sie war eine der Prisen, die die französische Belagerungsartillerie transportiert hatten. Ihr gegenwärtiger Kommandant war Midshipman Samuel Simms, der nun Henry du Valle als Kommandant und Leutnant John Stokes als erster Leutnant weichen musste, selbst aber als Wachoffizier an Bord blieb. Es gehörte zu den Merkwürdigkeiten der Royal Navy, dass ein von einem Commander befehligtes Schiff automatisch zur Sloop wurde, auch wenn es eigentlich niedriger eingestuft war. Einer Sloop stand wiederum ein Leutnant zu, weshalb neben Henry auch Leutnant Stokes auf die *Foudre* wechselte.

Bei der *Foudre* handelte es sich um eine schmucke kleine Brigg, die lediglich sechs Vierpünder-Kanonen besaß. Von ihren Abmessungen war sie jedoch das größte der Kanonenboote, weshalb die Wahl auf sie als Henrys Flaggschiff gefallen war. Im Vergleich zu Henrys alter Kanonenbrigg *Clinker* war sie fülliger gebaut, weil sie ursprünglich als Frachtschiff geplant war. Allerdings war das Quartier des Kommandanten deutlich kleiner, denn auf einem Frachtschiff kam es vor allem auf den Laderaum an. Aber immerhin bot die *Foudre* ihrem Kommandanten eine gemütliche Kajüte, die von einem Oberlicht erhellt wurde, und eine kleine Schlafkammer.

Henry dachte ein wenig wehmütig an sein bequemes Quartier auf der *Mermaid* mit dem Porträt seiner geliebten Annika in der großen Kajüte, doch er tröstete sich mit dem Gedanken, dass er in den nächsten Tagen ohnehin kaum Zeit in der Kajüte verbringen würde.

Tigre, *Theseus* und *Mermaid* lichteten im immer stärker werdenden Sturm ihre Anker und kämpften sich, mühsam aufkreuzend, hinaus aufs offene Meer. Schließlich verschwanden sie im Nordosten hinter dem Horizont.

Der Sturm gewann zunehmend an Kraft, so dass die Kanonenboote selbst im Schutz der Halbinsel immer ungeduldiger an ihren Ankertrossen zerrten. Unter diesen Umständen war nicht daran zu denken, sie gegen eventuelle Angriffe der Franzosen einzusetzen. Möglicherweise würde das die Franzosen zu einem weiteren Angriff veranlassen.

Henry befahl deshalb alle Besatzungen bis auf die Ankerwachen an Land. Als er selbst an Land gehen wollte, wartete längsseits der *Foudre* seine Gig mit seiner Bootscrew unter der Führung von Charlie Starr. Als sein Bootssteurer Henrys überraschten Blick sah, sagte Charlie Starr: „Leutnant Townsend hat uns befohlen, auf Sie aufzupassen, Sir, denn er rechnete fest damit, dass Sie auch an Land kämpfen würden." Das klang zwar ziemlich frech, aber bei seinem Bootssteurer ließ es Henry durchgehen, denn er hatte ihm schon das Leben gerettet und hielt normalerweise streng auf Disziplin. Also tat er so, als hätte er nichts gehört und ging an Bord der Gig.

An Land sammelten sich die britischen Seeleute. Da die Prisen mit Männern der drei großen Kriegsschiffe besetzt worden waren, handelte es sich vorerst nur um Notbesatzungen, die eventuell später auf die normale Sollstärke wie unter französischer Flagge gebracht werden sollten. Die Besatzungen sollten ja momentan auch nur die Schiffe manövrieren und im Gefecht vor Anker liegend eine Breitseite bedienen können. So kamen für den Landeinsatz lediglich siebzig Mann zusammen, die mit Entermessern und Pistolen bewaffnet waren.

Während sich Leutnant Stokes um eine halbwegs militärisch wirkende Formation bemühte, ging Henry in Begleitung seiner Bootscrew voraus. Am Landtor trafen sie auf Colonel Phélippeaux, der Henry freudig begrüßte. Auch er machte sich Sorgen, dass die Abwesenheit der großen Schiffe die Franzosen zu einem erneuten Sturmangriff veranlassen könnte.

Die beiden Offiziere begaben sich auf den Wehrgang über dem Tor und nahmen die französischen Stellungen in Augenschein. Dort hatte sich Einiges getan. Von dem Graben, der die Halbinsel weiträumig abriegelte, gingen mehrere Laufgräben in Richtung der Stadt ab. Teilweise waren dort Geschützstellungen im Schutze hoher Erdwälle errichtet worden, die man mit Schießscharten für die Kanonenrohre versehen hatte. Von dort wurde die Stadt, und vor allem die Stadtmauer, regelmäßig beschossen.

Der Zweck anderer Gräben war für Henry du Valle nicht ersichtlich. Sollten sie den Franzosen eine geschützte Annäherung an die Stadtmauer ermöglichen? Colonel Phélippeaux sah Henry fragenden Blick und erklärte: „Von dort aus bauen die französischen Sappeure Tunnel bis unter die Stadtmauer, um diese dann zu sprengen." „Das hört sich bedrohlich an. Können wir etwas dagegen tun?", fragte Henry. „Ja, mit etwas Erfahrung kann man berechnen, wann sich die Tunnel der Mauer nähern und sie dann rechtzeitig sprengen. Man sollte es nur nicht zu frühzeitig tun, um dem Feind keine Arbeit zu ersparen", antwortete Colonel Phélippeaux und sicherte zu, sich persönlich darum zu kümmern

Henry verbrachte den Abend im Quartier des Colonels, das sich in Sichtweite des Landtores befand. Colonel Phélippeaux nahm hier die Gastfreundschaft des jüdischen Gelehrten Haim Farhi in Anspruch, der ein wichtiger Berater des Paschas war. Der Colonel genoss es ganz offensichtlich, in Henry einen Gesprächspartner gefunden zu haben, mit dem er sich ganz ungezwungen in seiner Muttersprache unterhalten zu können.

Gegen Mitternacht verabschiedete sich Henry du Valle und kehrte zu seinen Männern zurück, die hinter dem Erdwall in Stellung gegangen waren. Nachdem er sich davon überzeugt hatte, dass Leutnant Stokes alle Wacheinteilungen zu seiner Zufriedenheit vorgenommen hatte, wickelte er sich in seinen Mantel und schlief ein wenig.

Noch vor Sonnenaufgang wurde er geweckt. Der Posten auf dem Landtor hatte Bewegungen in den französischen Stellungen bemerkt. Offenbar bereiteten sie einen Angriff vor. In der Dunkelheit konnte man zwar nichts erkennen, weil der Mond hinter Wolken versteckt war, doch man hörte die Franzosen ganz genau. Henry beschloss, ihnen zuvorzukommen. Er ließ Leutnant Stokes zu sich rufen. Mit ihm und Leutnant Burton von den Royal Marines besprach er seinen Angriffsplan und dessen genauen zeitlichen Ablauf.

Dann formierte er aus seinen Seeleuten und einem Zug Marineinfanterie eine Angriffstruppe. Leise ließ er das Tor öffnen, die Marineinfanteristen entfalteten sich vor dem Tor, dabei jedes Geräusch vermeidend. Die Seeleute folgten ihnen. Unter Henrys Führung rückte die Truppe vor. Leise überwandten sie den Graben vor dem Tor, in dem einige Albaner auf Posten waren und die Briten stumm beobachteten. Auf französischer Seite blieb alles ruhig. Hörte man sie tatsächlich nicht oder liefen sie geradewegs in eine Falle? Diese Frage beschäftigte Henry, während er vorsichtig voranschritt. Eine andere Stimme sagte ihm jedoch, dass die Franzosen so sehr beschäftigt waren, dass sie den britischen Vormarsch einfach nicht bemerkten. Vielleicht glaubten sie ja auch, die Briten wären mit den Linienschiffen abgezogen und hätten ihre Verbündeten ihrem Schicksal überlassen.

Henry hatte ungefähr einhundertfünfzig Schritte gezählt. Nun sollten sie für den Überraschungsangriff weit genug vorangekommen sein. Er gab Charlie Starr das verabredete Zeichen und dieser stieß einen lauten Pfiff aus. Daraufhin wurde auf der Stadtmauer eine Signalrakete abgefeuert, die laut zischend in die Luft stieg und über den französischen Stellungen explodierte. Drei rote Lichter erhellten die Szenerie und sanken langsam verglühend zur Erde, während auf der Stadtmauer weitere Signalraketen abgefeuert wurden.

Henry du Valle und seine Männer befanden sich ungefähr dreißig Meter vor den französischen Geschützstellungen, hinter denen die Laufgräben bereits mit Infanteristen gefüllt waren. Leutnant Burton befahl seinen Marineinfanteristen laut: „Achtung! Zielen! Feuer!" Die Salve kracht laut. Zahlreiche Franzosen, die sich im Laufgraben befanden, wurden getroffen. Im abziehenden Pulverqualm reckte Henry seinen Säbel in die Höhe und rief: „Zum Angriff vorwärts!".

Die Seeleute griffen unter lautem Gebrüll und ihre Pistolen abfeuernd an, während die Marineinfanteristen nur langsam vorrückten. Rasch hatte Henry mit seinen Männern den Graben erreicht. Er wollte hineinspringen, doch der Graben war voller verwundeter und toter Männer, so dass hier kein Vorwärtskommen möglich war. So blieb Henry mit seinem Angriffstrupp außerhalb des Grabens. Sie hieben mit ihren Entermessen und Säbeln auf die im Graben befindlichen Soldaten ein, von denen etliche verwundet und getötet wurden. Der Graben steckte voller Männer, von denen viele fliehen wollten, während andere nach vorn drängten, um die Angreifer abzuwehren. In diesem Wuhling wurde der Graben hoffnungslos verstopft, so dass kaum Gegenwehr möglich war und sich die Angreifer wie Schlächter vorkamen.

Ein zweiter, etwas kleinerer Trupp griff die nächstgelegene Geschützbatterie an und vertrieb die Geschützmannschaften. In diesem Trupp befanden sich einige Stückmeistermaate, die sich sofort der Kanonen annahmen. Mit der Rückseite ihrer Enterbeile rammten sie Nägel in die Zündlöcher der Kanonen. Damit wurden die Kanonen zwar nicht dauerhaft, aber zumindest für mehrere Stunden unbrauchbar gemacht.

Von der Stadtmauer stiegen grüne Signalraketen in die Höhe. Leutnant Stokes hatte demnach im Schein der Signalraketen gesehen, dass sich die Franzosen zum Gegenangriff formierten. „Rückzug!", rief Henry du Valle laut. Die Angriffstrupps sammelten sich und zogen sich hinter die Linien der Marineinfanterie zurück. Diese waren in drei Reihen formiert. Die vorderste Linie feuerte jeweils und zog sich dann hinter die hinterste Linie zurück. Die bislang mittlere Linie befand sich nun in vorderster Front und schoss ihre Salve ab. So zogen sich die Marineinfanteristen geordnet zurück und hielten zugleich ihre Verfolger auf Abstand.

Als das Tor erreicht war, übernahmen die türkischen Kanonen vom Turm aus das Feuer auf die nachrückenden Franzosen, die ihren Gegenangriff abbrechen mussten. Die britischen Angreifer befanden sich wieder in der Sicherheit der Stadtmauer. Bis auf drei leicht verwundete Seeleute hatte es keine Verluste gegeben.

20

An den folgenden Tagen blieb es ruhig, sah man einmal von sporadischen Artillerieduellen ab. Trotzdem waren auf französischer Seite umfangreiche Aktivitäten zu beobachten, die Colonel Phélippeaux mit leichter Sorge sah.

„Mein Freund Bonaparte will es jetzt wissen, er massiert seine Artillerie am Nordostturm", sagte er zu Henry. „Ich hörte, dass Sie und der General alte Kameraden sind, Sir", erwiderte dieser. „Das stimmt, wir kennen uns recht gut, gehörten auf der Kriegsschule derselben Klasse an, aber wirkliche Freunde waren wir nie. Doch immerhin kenne ich ihn gut genug, um zu wissen, dass wir den Wall hinter dem Landtor dringend verstärken müssen", antwortete der Colonel.

Da die Kanonenboote noch immer vom Sturm im Hafen festgehalten wurden, standen ausreichend Arbeitskräfte zur Verfügung, den Erdwall weiter zu erhöhen. Dazu wurde der Graben vor dem Erdwall weiter ausgehoben, so dass am Ende ein Höhenunterschied von fast fünf Metern bestand.

In der folgenden Nacht eröffneten die französischen Feldgeschütze eine Dauerkanonade auf den Bereich der Stadtmauer zwischen Nordostturm und Landtor. Dieser Abschnitt war ungefähr fünfzig Meter breit. Colonel Phélippeaux war davon nicht überrascht, denn ausgerechnet hier hatte man beim Wiederaufbau der Stadtmauer vor rund fünfzig Jahren nur minderwertiges Baumaterial verwendet.

Da nun jederzeit mit einem Angriff der Belagerer zu rechnen war, befahl Henry du Valle, die *Marie-Rose* auf der Höhe des Landtores in Stellung zu bringen. Leider erwies der Sturm sich als zu stark. An dieser exponierten Stelle brach ein Anker aus dem felsigen Untergrund und die *Marie-Rose* wurde gegen ein Felsenriff gedrückt. Dort drohte die Tartane durch immer wieder auftretende Sturmböen zu zerschellen.

Henry du Valle ließ einen an der Kaimauer liegenden Kutter bemannen, der von der *Tigre* für Notfälle zurückgelassen worden war. Sein Bootssteuerer Charlie Starr übernahm das Ruder, Henry selbst nahm im Bug Platz. Mit raschen Ruderschlägen näherte sich der Kutter der *Marie-Rose*. Henry warf ein Tau hinüber zur Tartane. Leutnant Larkin fing es persönlich auf und befestigte es am Bugspill. Nun war nur noch Kraft gefragt. Die Rudergasten im Kutter legten sich in die Riemen. Langsam kam die *Marie-Rose* vom Felsenriff frei. Dann wurde sie zurück in den Hafen geschleppt.

Im Hafen ließ Henry den Kutter längsseits gehen und sprang hinüber auf das Deck dcr *Marie-Rose*. „Sir, das war Rettung in höchster Not. Nur noch wenige Minuten und die *Marie-Rose* wäre nicht mehr zu retten gewesen", begrüßte ihn Leutnant Larkin. „Hat sie schwere Schäden erlitten?", fragte Henry. „Zum Glück nicht, Sir. Drei Planken wurden eingedrückt, aber unser Zimmermann ist der Meinung, den Schaden mit eigenen Mitteln beheben zu können", antwortete Leutnant Larkin.

Derweil hielt der französische Beschuss mit unverminderter Stärke an. Es konnte nur noch eine Frage der Zeit sein, bis die Stadtmauer brach. Henry hatte die Verteidiger mit den Kanonen der *Marie-Rose* unterstützen wollen. Nachdem dieser Versuch gescheitert war, blieb nun nur noch, jeden verfügbaren Mann am Landtor einzusetzen.

Die Besatzung der Marie-Rose wurde im Moment für die Reparaturen an Bord benötigt, aber von allen anderen Kanonenbooten wurde jeder verfügbare Mann, bis auf die absolut notwendige Ankerwache, abgezogen. Henry du Valle eilte mit ihnen zum Landtor.

Der kleine Mauerabschnitt zwischen dem Tor und dem Nordostturm war bereits arg in Mitleidenschaft gezogen. Allerdings galten bei weitem nicht alle Schüsse der französischen Kanonen der Mauer. Mindestens eine Kanone hatte sich auf den Nordostturm eingeschossen. Die türkischen Geschützmannschaften hatten sich deshalb in tiefer gelegene Räume des Turms zurückgezogen, um dort Deckung zu suchen. Auch die Grabenbesatzung hatte sich in den Turm zurückgezogen.

Einige der französischen Kanonen versuchten sich wiederholt im indirekten Beschuss über die Stadtmauer hinweg. So sollte der Erdwall bereits sturmreif geschossen werden. Aber bislang hatten alle Schüsse zu hoch gelegen und die Kanonenkugeln schlugen in die dahinterliegenden Häuser ein. Langsam zeigten sich erste Risse in der Mauer. Eine Kugel steckte bereits, für die Verteidiger sichtbar, in der Mauer.

Dann trat plötzlich Ruhe ein. „Entweder müssen die Franzosen ihre Kanonen abkühlen lassen, damit ihnen nicht die Rohre platzen, oder sie planen irgendeine Teufelei", ver-

107

mutete Leutnant Stokes. Henry du Valle nickte zustimmend. Er beschloss, sich die Sache von der Mauer aus anzuschauen, denn die Geschützbesatzungen des Nordostturms hatten sich noch immer nicht zurück auf die obere Plattform gewagt.

Mit Hilfe zweier zusammengebundener Leitern kletterte er den Erdwall hinab. Aus dem Graben schaffte er es ohne Hilfsmittel. Sein Bootssteurer folgte ihm wie ein Schatten. Über eine steinerne Treppe erstiegen sie den Wehrgang des Landtors. Plötzlich wurde die gesamte Stadtmauer von einer Explosion erschüttert. Die damit verbundene Druckwelle fegte die beiden Männer wie lästige Fliegen von der Treppe. Krachend schlugen sie auf dem Platz hinter der Mauer auf, schmerzhaft von einigen kleineren Mauerstücken getroffen.

Henry du Valle und Charlie Starr rappelten sich hustend auf und versuchten, sich zu orientieren. Die Explosion hatte ein Gemisch aus Trümmerstaub und dem Sand der Umgebung aufgewirbelt. „Wir sollten uns zum Wall zurückziehen", sagte Henry keuchend. Charlie Starr konnte nur nicken. Sich aufeinander stützend humpelten sie zurück zur Leiter. Hier wandte sich Henry um. Langsam konnte man erkennen, was geschehen war. In der Mauer zwischen Nordostturm und Landtor klaffte eine große Bresche.

21

Im Schutz der Kanonade hatten sich französische Genieoffiziere und Sappeure an die Stadtmauer von Akkon her-
angeschlichen. Als die französischen Kanonen schwiegen,
überwandten sie rennend die letzten Meter. Die Stadtmauer war zwischen dem Nordostturm und dem Landtor
bereits stark beschädigt. Mit Hacken und Schaufeln gruben
die Sappeure ein Loch ins Fundament der Stadtmauer und
platzierten dort mehrere Pulverfässchen. Die Zündschnur
wurde von einem Genieoffizier auf eine halbe Minute zu-
rechtgeschnitten und dann zogen sich alle in den nächst-
gelegenen Graben zurück, wo bereits Infanteristen auf das
Signal zum Angriff warteten.

Die Explosion riss eine Bresche in die Mauer und selbst
der benachbarte Nordostturm wurde in Mitleidenschaft
gezogen. General Bonaparte gab persönlich den Angriffs-
befehl und die Infanteristen stürmten auf die Bresche zu,
die sie, ohne auf Widerstand zu stoßen, passieren konnten.

Als sie die Mauer überwunden hatten, sahen sie sich dem
Erdwall gegenüber und ihr Angriff kam ins Stocken. Die
Verteidiger feuerten ihre Karronade ab, die zuletzt so ver-
heerend unter den französischen Angreifern gewütet hatte.
Diesmal waren die Franzosen jedoch auf der Hut und gingen rechtzeitig in Deckung. Die französische Vorhut
wurde verfehlt und auch bei den nachrückenden Truppen
blieben die Verluste gering. Damit war für den Augenblick
eine Pattsituation eingetreten, der französische Angriff
stockte, doch die britischen Verteidiger konnten die Angreifer auch nicht wieder zurückschlagen.

Henry du Valle beorderte mit Plunderbüchsen bewaffnete Seeleute auf den Wall. Diese feuerten ihre mit gehacktem Blei geladenen Waffen auf die Vorhut der Franzosen ab. In der Zwischenzeit war die Karronade wieder geladen und konnte erneut feuern. Sowohl die Salve aus den Plunderbüchsen, als auch der Schuss aus der Karronade blieben ohne große Wirkung, nagelten jedoch die Franzosen in ihren Deckungen fest. Diese antworteten mit unregelmäßigen Schussfolgen aus ihren Musketen, die ebenso wirkungslos blieben.

Major Oldfield von der *Theseus* schlug vor, die Franzosen in der Flanke anzugreifen. Colonel Phélippeaux stimmte zu und versuchte, die Männer des Paschas zu einem Ausfall über den niedrigeren Abschnitt des Erdwalls zu bewegen, doch ihr Befehlshaber lehnte ab. Daraufhin stellte Colonel Douglas von der *Tigre* eine Sturmtruppe aus Marineinfanteristen zusammen. Über Leitern stiegen sie ungefähr einhundert Meter vom Landtor entfernt vom Wall herunter und formierten sich zu einer Linie in vier Gliedern.

Mit aufgepflanzten Bajonetten rückten die Marineinfanteristen vor. In ungefähr fünfzig Metern Entfernung zu den Angreifern stoppten sie und gaben eine Salve ab. Dann gab ein Trommler das Signal zum Sturmangriff und die Marineinfanteristen stürmten unter der Führung von Colonel Douglas vor.

Die französischen Angreifer waren überrascht. Die Salve hatte schwer unter ihnen gewütet. Ein Leutnant versuchte, eine Verteidigungslinie gegen den britischen Angriff zu formieren, doch seine Truppe geriet damit in den Feuerbereich der Plunderbüchsen und die Franzosen konnten die Stellung nicht länger halten. Aber immerhin erfolgte ihr Rückzug dieses Mal geordnet. Eine Nachhut lieferte sich ein Feuergefecht mit den angreifenden Marineinfanteristen.

Schließlich erreichten die Marineinfanteristen die Bresche in der Stadtmauer. Hier gingen sie in Stellung. Einige Zimmerleute und Matrosen folgten ihnen. Aus den Trümmern der Mauer und eilig herbeigeschafften Bohlen und Baumstämmen errichteten sie eine Barrikade, um die Mauer wieder zu verschließen.

Auf britischer Seite hatte es bei diesem erneuten Angriffsversuch keine Todesopfer gegeben und auch die Angreifer hatten nur wenige Tote zu beklagen. Colonel Phélippeaux stellte fest: „Die Zeit des Abtastens ist vorbei. Spätestens jetzt weiß General Bonaparte, woran er mit uns ist. Die nächsten Angriffe werden wir nicht mehr so leicht abwehren können."

Henry du Valle hatte ebenso wie sein Bootssteurer einige Prellungen davongetragen. Besonders unangenehm war jedoch eine Verstauchung des linken Knöchels, so dass er sich nur noch humpelnd bewegen konnte. Leider hatte die *Foudre* keinen richtigen Arzt, sondern nur einen Loblolly Boy[31] von der *Tigre* als Schiffsarzt. So mussten sich Henry du Valle und Charlie Starr mehr oder weniger selbst verarzten. Charlie Starr fertigte für Henry eine Krücke an, die

---

[31] In der Royal Navy umgangssprachlich für Arztgehilfe

ihm zumindest ermöglichte, auf dem Achterdeck der *Foudre* zu stehen. Mit Landeinsätzen war es vorerst vorbei.

22

Im Laufe des folgenden Tages flaute der Sturm merklich ab und drehte auf Nord. So war es nun wieder möglich, die Kanonenboote rechts und links der Halbinsel in Stellung zu bringen. Gegen Mittag meldete der Ausguck der *Foudre*, die weiterhin im Hafen vor Anker lag: „Segel in Sicht!"

Henry du Valle, der auf einem Korbsessel auf dem Achterdeck saß, fragte: „Was für ein Segel?" „Es ist noch zu weit weg, Sir, aber es hat auf jeden Fall drei Masten und Rahsegel!", antwortete der Ausguck. Henry wandte sich an Mr. Simms, der gerade Wache hatte: „Mr. Simms, nehmen Sie bitte Ihr Glas und schauen Sie nach, was es mit dem Dreimaster auf sich hat." Der Midshipman enterte auf und meldete ein wenig später: „Sir, es ist eine Fregatte oder eine Schiffssloop[32]!" Für einen Moment schlug Henrys Herz etwas schneller, denn er hoffte, es wäre seine geliebte *Mermaid*, aber die Hoffnung zerstob, als Mr. Simms rief: „Sie hat ihre Kennung gesetzt, es ist die *Alliance*!"

Henry du Valle nahm seine Navy-List zur Hand. *Steel's Original and Correct List of the Royal Navy* war ein monatlich erscheinendes Büchlein, das zur Lieblingslektüre aller Offiziere in der Royal Navy zählte. Es enthielt sämtliche

---

[32] Schiffssloop ist eine dreimastige Sloop im Gegensatz zur zweimastigen Briggssloop

regulären und angemieteten Schiffe der Marine mit ihren Kommandanten und teilweise sogar mit ihrem Master. Außerdem enthielt sie die, von ihren Lesern besonders genau registrierte, Rangliste aller Offiziere vom einfachen Leutnant bis zum Admiral, sowie alle Offiziere der Royal Marines, Master und Schiffsärzte.

Henry hatte sich die Februarausgabe aus England mitgebracht und war somit ziemlich auf dem neuesten Stand. Die *Alliance* war rasch gefunden. Laut Navy-List gehörte sie zur Mittelmeerflotte und befand sich auf der Station Lissabon. Es war aber kein Kommandant angegeben, lediglich James Price als Master. Das war ein Problem, denn somit konnte Henry der Liste nicht entnehmen, ob ihr Kommandant ihm rangmäßig übergeordnet war. Dafür gab es nur eine Lösung, er musste es dem Kommandanten der *Alliance* überlassen, das herauszufinden. Deshalb befahl er dem inzwischen wieder abgeenterten Midshipman: „Mr. Simms, lassen Sie die Kennung der *Mermaid* setzen und dazu den Befehl, Kommandant an Bord kommen."

Inzwischen war die *Alliance* auch von Deck aus zu erkennen und zunächst wurden die Geheimsignale ausgetauscht. Die *Alliance* war die ehemalige niederländische Fregatte *Alliantie*, die 1795 vor der Küste Norwegens erobert worden war. Nach einer kurzen Dienstzeit als Fregatte sechsten Ranges hatte man sie zum Versorgungsschiff umgebaut und nur noch zwanzig Kanonen an Bord belassen.

Offenbar hatte der Kommandant der *Alliance* festgestellt, dass ihm Henry vorgesetzt war, denn kurz nachdem das Schiff vor Anker gegangen war, wurde ein Boot ausgesetzt, das zur *Foudre* gerudert wurde. Neben dem Bootssteuerer

113

saß ein Offizier mit der einzelnen Epaulette eines Commanders auf der Heckbank. Das Boot legte an und er kam an Bord, während der Bootsmannsmaat Seite pfiff.

Der Offizier lüftete seinen Zweispitz und meldete: „Commander Wilmot von seiner Majestät Versorger *Alliance*." Wie die meisten Offiziere kannte auch Henry die Rangfolge aller Offiziere seines Dienstgrades auswendig und wusste deshalb, dass Commander Wilmot erst im Dezember zum Commander befördert worden war und somit weit unter ihm stand. „Willkommen in Akkon, Captain Wilmot", begrüßte er ihn und bat den Commander unter Deck.

Während der Steward der *Foudre* den obligatorischen Wein servierte, es war ein überraschend guter Landwein von der Rhone, der sich in der Vorratskammer des französischen Kommandanten gefunden hatte, musterte Henry den Kommandanten der *Alliance*. Er war ein untersetzter, aber drahtiger Mann in der Mitte seiner Zwanziger, der offenbar einen großen Tatendrang verspürte, denn es fiel ihm sichtlich schwer, ruhig dazusitzen.

Die beiden Kommandanten tranken sich zu und Henry fragte: „Nun, Captain Wilmot, was führt Sie nach Akkon, wofür Sie übrigens keinen besseren Zeitpunkt wählen konnten?" „Ich hatte Befehl, das Geschwader von Kommodore Sir Sidney Smith zu verstärken und traf den Kommodore gestern nördlich von Akkon. Er befahl mir, unverzüglich Akkon anzulaufen, während er noch versucht, Verstärkung für die Garnison von Akkon zu bekommen. Er gab mir übrigens Befehle für Sie." „Und woher kamen

Sie, bevor Sie den Kommodore trafen?" „Ich war mit Captain Troubridge vor Alexandria, bis er von Sir Sidney Smith abgelöst wurde. Dann blieb ich weiter vor Alexandria, bis mir die *Marianne* den Befehl brachte, nach Norden zu segeln", sagte David Wilmot. „Sie waren bei Captain Troubridge, wie geht es ihm", rief Henry erfreut aus. „Sie kennen den Captain?", fragte Wilmot überrascht. „Ja, wir waren beide vor Aboukir und ich war ihm behilflich, von der Untiefe freizukommen", erklärte Henry.

Commander Wilmot erzählte, dass er ebenfalls das Glück gehabt hatte, an einer großen Schlacht teilzunehmen. Es war am 1. Juni 1794, der als der Glorreiche 1. Juni in die Geschichte einging. Damals war er 3. Leutnant auf der *Niger*, einer Fregatte, die bereits am Krieg gegen die abtrünnigen Kolonien in Nordamerika teilgenommen hatte.

Nachdem sie den Wein ausgetrunken hatten, nahm sich Henry den Umschlag mit den Befehlen von Sir Sidney Smith vor. Henry sollte den Befehl über die Kanonenboote an Commander Wilmot übergeben und selbst mit der *Foudre* in Richtung Süden patrouillieren, um den französischen Nachschub zu stören. „Sie kennen den Inhalt des Schreibens?", fragte Henry du Valle. „Ja Sir, ich soll die Kanonenboote übernehmen, während Sie nach Süden kreuzen", antwortete David Wilmot. „Ich lese hier, dass Sie ein ausgewiesener Artillerieexperte sind", sagte Henry. Commander Wilmot nickte lachend: „Aye, das ist mein Steckenpferd." „Dann wird Sie Colonel Phélippeaux mit offenen Armen empfangen", meinte Henry.

Nachdem sich Commander Wilmot verabschiedet hatte, bat Henry Leutnant Stokes und Mr. Simms zu sich. Er teilte ihnen mit, dass sie am nächsten Morgen nach Süden segeln würden. „Dann können wir uns endlich wieder wie echte Seeleute fühlen!", rief Simms erfreut aus. Henry du Valle und Leutnant Stokes mussten schmunzeln, denn der junge Gentleman hatte ihnen aus dem Herzen gesprochen.

23

Als die *Foudre* am späten Nachmittag den Anker lichtete und sich ihre Segel nach und nach füllten, war es für Henry wie eine Befreiung. Endlich konnte er sich wieder frischen Wind um die Nase wehen lassen, statt den aufgewirbelten Staub zerschossener Trümmer in Mund und Nase zu spüren. Er war nicht der Einzige an Bord, der sich befreit fühlte, es ging der gesamten Besatzung so. Zwar hatten sie in den letzten Tagen mutig und mit ganzem Einsatz an der Seite der anderen Verteidiger der Stadt gekämpft, doch waren sie nicht zur Marine gegangen, um an Ende in einem staubigen Erdloch oder hinter einem Erdwall zu liegen.

Um den Franzosen, die mit Sicherheit jede Schiffsbewegung registrierten, nicht ihr Ziel zu verraten, ließ Henry zunächst auf Westkurs gehen, bis die Küste außer Sicht war, erst dann drehte die *Foudre* nach Süden. Henry beabsichtigte, zuerst in den Hafen von Jaffa zu schauen und von dort in Richtung Alexandria zu segeln, weil das die größte französische Basis war und sicher auch die Quelle jeglichen Nachschubs.

Zur Feier der Tatsache, endlich wieder auf See zu sein, lud Henry Leutnant Stokes und Mr. Simms zum Essen ein. Die Versorgungslage in Akkon hatte sich zwar durch die

Belagerung verschlechtert, doch für die Verteidiger der Stadt gab es immer noch frische Lebensmittel. So konnte Henry den Steward der *Foudre* aus dem Vollen schöpfen lassen, mit einer Hammelkeule und gebratenen Sardinen. Ein wenig wehmütig dachte Henry dabei an Jeeves, den er auf der *Mermaid* zurückgelassen hatte. Der war nicht nur ein ausgezeichneter Diener, sondern auch ein Künstler mit dem Kochlöffel, während der Steward der *Foudre* zwar Fleisch und Fisch braten konnte, aber keine Ahnung davon hatte, wie man eine gute Sauce zustande brachte.

Nach dem Essen wurde eine Flasche Sherry, die ebenfalls mit der *Foudre* erobert worden war, geöffnet. Während die Flasche kreiste, wurden Henrys Gäste endlich etwas lockerer und trugen zur Unterhaltung bei. Beide Offiziere kamen von der *Tigre*. Leutnant Stokes berichtete, dass er sein Offizierspatent mit der Indienststellung der *Tigre* im Jahr 1795 erhalten hatte. Seitdem diente er auf dem Zweidecker, zuletzt als dritter Leutnant. Zuvor hatte er seine Kadettenzeit auf dem Vierundsiebziger *Leviathan* verbracht. Mr. Simms diente vor seiner Versetzung auf die *Tigre* auf dem kleinen Zweidecker *Actaeon*. Die *Actaeon* gehörte mit ihren vierundvierzig Kanonen zur aussterbenden Klasse von Linienschiffen der 4. Rate, die inzwischen viel zu schwach bewaffnet waren, um tatsächlich noch in der Schlachtlinie eingesetzt zu werden. So diente die *Actaeon* auch nur noch als Wachschiff in Liverpool. Mit Grausen erinnerte sich Henry daran, seine ersten Jahre in der Royal Navy auf einem ähnlichen Schiff, der alten *Prince Rupert*, verbracht zu haben.

Henrys Gäste waren überrascht, als er ihnen berichtete, dass auch er bereits unter Sir Sidney Smith gedient hatte und ihm seine Ernennung zum Leutnant verdankte. Noch mehr beeindruckte sie jedoch die Tatsache, dass er unter Lord Nelson bei Aboukir gekämpft hatte, denn Britanniens jüngster Admiral war das Idol aller jungen Offiziere, ob sie ihn nun persönlich kannten, oder nicht.

„Lord Nelson muss doch ein Riese sein", meinte Mr. Simms mit ehrfürchtiger Stimme. Henry lächelte und sagte: „Er ist weit entfernt davon, ein Riese zu sein, aber ich muss zugeben, dass ich auch dieses Bild von ihm hatte, obwohl mir mein Vater von der gemeinsamen Dienstzeit mit ihm unter Sir Peter Parker auf der alten *Bristol* erzählt hat. Als ich ihn dann zum ersten Mal sah, war ich ehrlich überrascht, wie klein und zierlich er doch ist. Sein fehlender rechter Arm unterstreicht diesen Eindruck noch zusätzlich." „Ich hörte, er hat den Arm auf Teneriffa verloren, wissen Sie mehr davon, Sir?", fragte Leutnant Stokes. „Auch nur das, was allgemein erzählt wurde. Wenn Sie mehr darüber erfahren wollen, dass fragen Sie doch Captain Miller, er war damals sein Flaggkapitän", antwortete Henry.

Später kamen die Männer auf die Leutnantsprüfung zu sprechen. Leutnant Stokes erzählte, dass sich die Fragen der Prüfungskommission bei ihm fast ausschließlich um astronomische Probleme gedreht hatten. „Ich vermute, das verdanke ich meinem damaligen Kommandanten Captain Duckworth, denn er wusste, dass Astronomie mein Steckenpferd ist", sagte er. „Da müssen Sie aber bei ihm einen gewaltigen Stein im Brett gehabt haben", meinte Henry du Valle lachend. Leutnant Stokes nickte: „Ja, wir hatten einmal bei den Jungferninseln ein Problem mit unserem Kompass, beziehungsweise hatten wir den überhaupt nicht mehr, weil uns ein frecher Freibeuter, den wir fast zwei Stunden gejagt hatten, mit seiner letzten Salve das Kompasshäuschen weggeschossen hatte. Da wir gerade Neumond hatten, war es ganz nützlich, dass ich mit den Sternen auskannte, sodass wir sicher Culebra passieren konnten." „Und was war mit dem Freibeuter?", wollte Mr. Simms wissen. „Das war ein holländischer Lugger, der mit seinem geringen Tiefgang in den Canal Tiempo abdrehte und uns so endgültig abhängen konnte", antwortete Leutnant Stokes.

„Ja, Mr. Simms, unterschätzen Sie nie einen Lugger. Sie sind zwar ein wenig unhandlich in der Wende, aber verdammt schnelle Segler", sagte Henry. „Sie kennen sich auch mit Luggern aus?", fragte Mr. Simms. „Ja, ich bin auf einem Lugger gefahren. Es war die *Aristocrate*, ein wunderbarer Segler, mit dem wir eine ganze Korsarenflotte vor Saint Malo ausgesegelt haben", antwortete Henry.

Nachdem sie auf die *Aristocrate* getrunken hatten, kam Leutnant Stokes zurück auf das Thema Leutnantsprüfung. „Wie war das mit Ihrer Prüfung, Sir?", fragte er. „Ich habe meine Prüfung vor drei Jahren in London abgelegt. Damals war ich auf dem Weg von der *Prince Rupert* in Hull nach Portsmouth. Ich hatte zwar kein Schiff mehr, wollte aber zumindest die Prüfung absolviert haben", erzählte Henry. „Und was hat man Sie gefragt?", wollte Leutnant Stokes wissen. Henry sagte: „Das war eigentlich der Klassiker." „Der Klassiker?", fragte Mr. Simms nach. „Ja, denn die Frage, die man mir stellte, kommt sehr häufig in den Prüfungen vor", erklärte Henry, „Es geht dabei um ein

Schiff vor einer Küste auf Legerwall[33]. Um das Schiff zu retten, muss man eine Wende vollziehen, doch das Schiff schafft es einfach nicht, mit dem Bug durch den Wind zu gehen. Was ist also zu tun?" Mr. Simms sah ihn fragend an und zuckte mit der Schulter. „Ich bin froh, dass man mir diese Frage nicht gestellt hat", meinte Leutnant Stokes lachend.

Henry lachte ebenfalls und trank seinen Gästen zu. Dann sagte er: „Denken Sie einmal ganz gründlich darüber nach, aber Sie haben nicht viel Zeit, denn Ihr Schiff treibt unaufhaltsam auf die Küste zu." Während er nachschenkte, sah Henry, wie es in Leutnant Stokes und Mr. Simms arbeitete. „Nun, Gentlemen, haben Sie eine Lösung gefunden?", fragte er schließlich. Leutnant Stokes schüttelte den Kopf und meinte schließlich: „Ich vermute, dass ein Schiff in dieser Lage verloren ist. Die Lösung liegt wahrscheinlich darin, dass man so eine Situation auf jeden Fall vermeiden sollte." Henry sagte lachend: „Leider nein, Mr. Stokes, denn so eine Lage könnte man vermutlich nur in einer idealen Welt vermeiden. Es ist vermutlich gut, dass sich Ihre Prüfer auf die Astronomie beschränkt haben. Ich hoffe, Sie nehmen mir diesen Einwurf nicht übel, aber wenn Sie jemals ein eigenes Kommando erhalten wollen, müssen Sie die Lösung für dieses Problem kennen." Jetzt musste auch Leutnant Stokes lachen. „Ich nehme Ihnen die Bemerkung nicht übel, denn damals hatten Sie vermutlich Recht. Heute weiß ich, dass ich auch als junger Leutnant noch viel zu lernen hatte", sagte er.

---

[33] Gefahrensituation bei auflandigem Wind oder auch auflandiger Strömung

„Aber was ist denn nun die Lösung?", drängte Mr. Simms. „Sie werfen ihren besten Anker aus und vollziehen die Wende mit seiner Hilfe. Sobald Sie herumgeschwungen sind, kappen Sie das Ankertau und segeln sich frei", antwortete Henry. „Aber dann haben Sie doch ihren besten Anker verloren!", rief Mr. Simms aus. Henry nickte. „Der Anker ist verloren und Sie müssen eine Meldung an die Werft schreiben. Wenn Sie das ganze Schiff verlieren, landen Sie vor einem Kriegsgericht, falls Sie dabei nicht auch noch Ihr Leben verlieren", sagte er dann.

24

Henry du Valle schlief in dieser Nacht sehr schlecht, denn in seiner Kammer war es warm und stickig. Schließlich zog er von der Schlafkammer in die Kajüte um, die zumindest durch das geöffnete Oberlicht ein wenig frische Luft bekam. Bei Sonnenaufgang stand er wieder an Deck. Sein Knöchel schmerzte noch immer. Henry war kein geduldiger Kranker. Sein gegenwärtiger Zustand störte ihn sehr und langsam verlor er die Zuversicht, irgendwann wieder ohne seine Krücke an Deck stehen zu können. Charlie Starr sah, dass sein Kommandant weiterhin Probleme mit dem Stehen hatte. Er brachte wieder den Korbsessel aus der Kajüte an Deck und stellte ihn auf der Luvseite des Achterdecks neben der Ruderpinne ab. Hier nahm Henry mit einem geknurrten „Danke" Platz.

Es versprach, ein weiterer heißer Tag zu werden und Henry genoss es, auf See zu sein, weil hier wenigstens eine leichte Brise die Hitze erträglicher machte. In Akkon würde man schon in wenigen Stunden wieder unter der sengenden Sonne stöhnen.

„Land in Sicht! Segel in Sicht!", rief der Ausguck. Das musste der Hafen von Jaffa sein. Henry wandte sich an Mr. Simms, der die Wache hatte: „Mr. Simms, bitte schauen Sie nach, was es mit dem Segel auf sich hat." Der Midshipman enterte auf und meldete kurz darauf: „Es ist ein Dreimaster, eine Korvette oder Fregatte. Daneben sehe ich noch einige kleinere Schiffe, die offenbar Geschütze entladen."

Henry fragte sich, ob es sich bei dem besagten Dreimaster um die *Courageuse* handelte, die vor einigen Tagen mit der Kanonenbootflottille unterwegs war. Dann wäre sie nur leicht bewaffnet und der *Foudre* nicht zu sehr überlegen. Er beschloss, sich dem Hafen weiter zu nähern und erst in Kanonenschussweite beizudrehen. Doch für alle Fälle sollten sie sich für eine rasche Flucht wappnen, denn die *Courageuse* könnte ja inzwischen wieder unter voller Bewaffnung fahren.

„Mr. Stokes, bitte bereiten Sie alles dafür vor, nach Steuerbord abzudrehen. Die Männer der Backbordbatterie bleiben an ihren Kanonen", befahl Henry du Valle. „Aye Sir", bestätigte der Leutnant. Nachdem er den Befehl an den Bootsmann weitergegeben hatte, rief dieser laut: „Alle Mann bereitmachen zum Segelmanöver, die Backbordbatterie bleibt feuerbereit!" Ein wildes Trappeln setzte ein, bis endlich jeder an Bord seine Station gefunden hatte.

Die Kanoniere hockten hinter ihren Kanonen. Neben den drei Vierpfündern befanden sich auf Backbord auch noch drei Drehbassen, die jeweils von nur einem Mann bedient wurden. Diese kleinen Geschütze waren mit gehacktem Blei zur Bekämpfung der feindlichen Besatzung geladen.

Die *Foudre* kam dem Hafen immer näher. Schon waren die im Hafen liegenden Schiffe auch von Deck aus zu erkennen. Bei dem Dreimaster handelte es sich definitiv um eine Korvette mit achtzehn Kanonen, doch es war nicht die *Courageuse*. Damit war äußerste Vorsicht geboten, denn Henry wusste ja nicht, mit welchen Kalibern die Korvette bewaffnet war und welche Reichweite daraus resultierte. Für alle Fälle ließ er die Trikolore an der Besanrah setzen. Das war eine erlaubte Kriegslist, sofern man vor dem ersten Schuss die richtige Flagge setzte.

Henry beobachtete die Korvette durch sein Fernglas. An Deck war keine ´Bewegung zu erkennen. Er wandte sich an den Ausguck: „Ausguck, gibt es auf der Korvette irgendwelche Aktivitäten?" „Nein, Sir, absolut nichts, nicht einmal eine Ankerwache", kam es zurück. Das machte Henry unruhig. Da stimmte doch etwas nicht. Hatte man sie vielleicht vom deutlich höheren Mast der Korvette aus viel früher entdeckt und die *Foudre* erkannt? In Jaffa kannte man garantiert ihr Schicksal und wusste, dass sie jetzt unter britischer Flagge segelte. Dann konnte die scheinbare Ruhe eine Falle sein!

Er fasste einen Entschluss. Zum Glück standen ja die Männer für einen Kurswechsel bereit. „Achtung! Auf mein Kommando Kurswechsel auf einhundertneunzig Grad. Kanonen auf größte Erhöhung einstellen, die Drehbassen feuern nicht", befahl er. Alle sahen ihn erwartungsvoll an, während die Kanoniere an ihren Kanonen schufteten. „Achtung! Mr. Simms, hissen sie unsere Flagge!", sagte

Henry. Die Trikolore sank hinab und die Flagge mit dem St. Georgskreuz entfaltete sich. „Jetzt!", rief er. Die Männer an der Pinne legten Ruder, die Rahen wurden neu ausgerichtet und die *Foudre* drehte nach Steuerbord ab.

In diesem Moment flogen auf der Korvette die Geschützluken auf, das Schiff wurde in Pulverdampf gehüllt und das Dröhnen einer Breitseite erklang. Kettenkugeln kamen kreischend herangeflogen, stürzten aber weit vor der *Foudre* kraftlos in die See. Einige Kanonen waren mit herkömmlichen Kanonenkugeln geladen. Diese flogen deutlich weiter. Eine Kugel blieb sogar im Rumpf der *Foudre* stecken. Henry atmete geräuschvoll aus. Sein Schutzengel hatte ihn gerade noch im rechten Moment den Befehl zum Abdrehen geben lassen. Nur wenige Augenblicke später und die *Foudre* würde jetzt als entmastete Hulk vor der Küste dümpeln.

„Backbordkanonen Feuer!", befahl Henry jetzt. Die drei Vierpfünder brüllten kurz auf. Henry verfolgte die Flugbahnen der drei mit voller Erhöhung abgefeuerten Kugeln, die einen weiten Bogen beschrieben, aber trotzdem weit vor der Korvette ins Meer stürzten. Henry hatte nicht wirklich mit einem Treffer gerechnet, doch es widerstrebte ihm, ohne selbst gefeuert zu haben, von einem Gegner abzulaufen.

„Tut sich etwas auf der Korvette?", preite er den Ausguck an. „Nein, Sir, alles ruhig", kam die Antwort zurück. Henry nickte begreifend. „Ich glaube, die Franzosen halten uns für einen Lockvogel, der sie zu einer Verfolgung animieren soll, um sie damit unseren Linienschiffen auszuliefern", sagte er zu Leutnant Stokes. „Aye, Sir, oder das Löschen ihrer Ladung ist ihnen wichtiger, als die Verfolgung einer kleinen Brigg", antwortete dieser.

Damit hatte der Leutnant wahrscheinlich sogar Recht, dachte sich Henry. Die Erfahrungen der letzten Monate seit Aboukir hatten immer wieder gezeigt, dass die Marine für General Bonaparte nur Mittel zum Zweck war, um seine Ägyptenarmee zu versorgen. Eigene Initiativen der Flotte schien er nicht zu dulden.

Henry du Valle gab Leutnant Stokes den Befehl, Kurs auf Alexandria zu nehmen und ging dann unter Deck, um einen kurzen Bericht über den Schusswechsel und seine in Jaffa gemachten Beobachtungen zu verfassen. Anschließend ließ er sich das, durch die kurze Episode ausgefallene, Frühstück servieren. Er hatte gerade fertig gegessen und trank genussvoll eine zweite Tasse Kaffee, als durch das geöffnete Oberlicht ein Ruf erklang: „Segel in Sicht!"

Henry hörte ein Trappeln auf dem Niedergang, ein Klopfen wurde angedeutet und die Tür zu seiner Kajüte wurde aufgerissen. „Der Ausguck hat ein Segel direkt voraus gesichtet", meldete ein kleiner Schiffsjunge leicht außer Atem. „Ich komme in zwei Minuten", antwortete Henry. Der Schiffsjunge wandte sich zum Gehen, doch Henry stoppte ihn kurz. „Und, Alfi, beim nächsten Mal wieder mit Sir", sagte er. Der Schiffsjunge sah ihn entsetzt an, grüßte mit der Hand an der Stirn und brachte ein heiseres „Aye Sir" heraus.

Natürlich dauerte es nicht einmal eine Minute, bis Henry an Deck erschien. Sie befanden sich noch immer in der Ansteuerung von Jaffa und jedes Segel konnte ein überlegenes feindliches Schiff sein. Nach dem morgendlichen

Erlebnis war Henry doppelt auf der Hut. Aber Leutnant Stokes winkte beruhigend ab. „Es ist nur ein Einmaster mit Lateinsegeln", sagte er.

Henry enterte mit seinem Fernrohr unter Schmerzen bis zur Fockbramsaling auf, um sich selbst ein Bild zu machen. Tatsächlich, es handelte sich nur um eine kleine Feluke[34], die da hoffnungsvoll auf sie zuhielt. Oder hielt dort niemand Ausguck? Als sich beide Schiffe soweit angenähert hatten, dass sich beide von Deck aus sehen konnten, kam Unruhe an Deck der Feluke auf. Ihr Kapitän wollte offenbar den Kurs ändern. „Das ist zu spät, mein Freund", sagte Henry zu sich selbst. Er enterte wieder ab. Auf dem Achterdeck befahl er: „Lassen Sie die Kanonen besetzen, Mr. Stokes." „Wollen wir keine allgemeine Gefechtsbereitschaft herstellen?", fragte Leutnant Stokes überrascht. Henry schüttelte lächelnd den Kopf und sagte: „Nein, die Feluke ist unbewaffnet. Ein Schuss vor den Bug sollte genügen."

Schließlich hatte sich die *Foudre* der Feluke auf Kanonenschussweite genähert. Im Bemühen, rasch zu wenden, hatte sich die Feluke festgesegelt. Henry ließ einen Schuss vor den Bug abfeuern und das große Lateinersegel wurde sofort eingeholt. Leutnant Stokes wurde mit einer Prisenbesatzung hinübergeschickt, um das Schiff in Besitz zu nehmen.

Nach einer Viertelstunde kam er zurück. „Die Feluke nennt sich *Transport No. 2* und hat Lebensmittel für die

---

[34] Ein- bis zweimastiger Küstensegler, der auch gern von nordafrikanischen Korsaren genutzt wurde und dann auch gerudert werden konnte.

französische Armee geladen", meldete er. Henry nickte zufrieden. Diese Lebensmittel würden im belagerten Akkon hoch willkommen sein. „Mr. Simms soll die Prise als Kommandant übernehmen, wir kehren gemeinsam nach Akkon zurück", befahl er.

25

Die *Foudre* und ihre Prise mussten kreuzen, um Akkon zu erreichen. Deshalb dauerte es vier Tage, bis der Hafen wieder in Sicht kam. Die Reede von Akkon war gut gefüllt. Neben der *Tigre*, der *Theseus* und der *Alliance* lag hier auch die *Mermaid* vor Anker, wie Henry du Valle voller Freude feststellte.

Kaum war die *Foudre* vor Anker gegangen, signalisierte auch schon das Flaggschiff. Henry wurde zum Kommodore befohlen. Nach der üblichen Begrüßungszeremonie begleitete Mr. Keith, der Sekretär des Kommodore, Henry in die große Kajüte. Hier wurde er von Sir Sidney Smith überaus freundlich begrüßt. Über die Prise zeigte er sich hocherfreut. „Wir haben auch ein Schiff mit Lebensmitteln für die französische Armee aufbringen können. Damit wurde unser Geschwader versorgt. Ihre Prise werden wir Jazzar Pascha übergeben, denn in der Stadt werden frische Lebensmittel knapp", sagte er. „Neben dieser positiven Nachricht, habe ich leider auch schlechte Nachrichten, Sir", antwortete Henry, „Die Franzosen löschen in Jaffa Artillerie für ihre Armee. Sicherlich wird sie einige Tage bis Akkon brauchen, doch dann haben sie eine unheimliche Feuerkraft zur Verfügung." Sir Sidney Smith nickte betrübt und sagte dann: „Damit war früher oder später zu rechnen. Vielleicht werden ja die einheimischen Stämme den Vormarsch der Artillerie stören."

Henry du Valle ging an Bord seiner *Mermaid*. Mr. Simms wurde wieder als Kommandant der *Foudre* eingesetzt, während Leutnant Stokes auf die *Tigre* zurückkehrte. Es war bedauerlich, dass sich die Gemeinschaft der letzten Tage so rasch auflöste, fand Henry, doch überwog die Freude, wieder auf dem Deck seiner geliebten Sloop zu stehen.

In der großen Kajüte empfing ihn das Porträt von Annika, mit dem sie ihn im letzten Jahr überrascht hatte. Unwillkürlich überwältigte ihn eine Welle von Heimweh und Sehnsucht nach seiner geliebten Frau. Wann würde er endlich wieder zu ihr zurückkehren können?

„Leutnant Townsend für Sie, Sir", meldete der Posten vor der Tür. „Herein mit ihm", antwortete Henry betont fröhlich. Joseph Townsend betrat die Kajüte. „Nun, Joseph, wie ist es Dir und der *Mermaid* ergangen?", fragte Henry du Valle. „Es ist schön, so eine schmucke Sloop zu kommandieren, doch im Geschwader von Sir Sidney Smith ist es ein Vergnügen an der ganz kurzen Leine", antwortete der Leutnant. „Ja, unabhängige Missionen, wie wir sie erleben durften, sind in der Navy leider die Ausnahme, gewöhne Dich lieber rechtzeitig daran", sagte Henry lachend. „Das dämpft aber in keiner Weise meine Sehnsucht nach einem eigenen Kommando", lachte nun auch Joseph Townsend.

Die Freunde gingen hinüber in die Arbeitskajüte, wo Leutnant Townsend das Logbuch der *Mermaid* vorlegte. Henry überflog die Zeilen. Segeln in Kiellinie, stündliche Kurswechsel, ab und zu Kontakt zu Fischerbooten war hier zu lesen. Der typische Alltag eines Geschwaders, das auf See einen Sturm abwettern wollte. Die einzige Abwechslung in der Routine war die Begegnung mit der *Alliance*, die von Sir Sidney Smith nach Akkon gesandt wurde. Doch neben all der Routine hatte Joseph weder den täglichen Geschützdrill, noch die regelmäßige Arbeit in der Takelage vergessen. Offensichtlich war sein Freund bereit, ein eigenes Kommando zu übernehmen, sobald sich die Gelegenheit bot. Leider wäre das mit einer Trennung der Freunde und der Gewöhnung an einen neuen Leutnant verbunden, stellte Henry mit leichtem Bedauern fest.

Am Abend war Henry in der Offiziersmesse eingeladen. Offenbar freuten sich seine Offiziere, ihren Kommandanten wieder an Bord zu haben, stellte Henry mit heimlicher Genugtuung fest. Wenn er zu sich selbst ehrlich war, war er ein Harmoniemensch und hier an Bord fand er alles, was er brauchte, um im Dienst glücklich zu werden.

Da er noch immer an seiner Verstauchung laborierte, blieb Henry die Rückkehr an Land erspart. Dafür übernahm Joseph Townsend das Kommando über die Seeleute der *Mermaid*, die zur Verteidigung des Landtores eingeteilt waren.

Kurz vor Mitternacht kam Colonel Phélippeaux mit sorgenvoller Miene an Bord der *Mermaid*, um sich nach Henrys Befinden zu erkundigen. Er hoffte, ihn so bald wie möglich wieder an Land begrüßen zu können. „Nur gut, dass unser Geschwader wieder vollzählig versammelt ist", sagte der Colonel, „Seit Tagen war es ruhig, zu ruhig, wenn Sie mich fragen. Bonaparte führt irgendwas im Schilde. Zwar kann ich keine direkten Beweise erkennen, doch

wäre ich an seiner Stelle, würde ich unsere Verteidigungs-
anlagen mit Tunneln unterminieren." „Sollten wir das
nicht bemerken, Sir?", fragte Henry. „Nicht, wenn sie die
Tunnel tief genug anlegen und den Abraum außerhalb un-
seres Sichtfeldes zutage fördern", antwortete Phélippeaux.

Können wir irgendetwas dagegen unternehmen?", wollte
Henry wissen. „Wir könnten den Boden in regelmäßigen
Abständen auf Tunnel untersuchen, doch dafür bräuchten
wir einen Erdbohrer", sagte Colonel Phélippeaux, „Bisher
haben wir nur an einigen neuralgischen Punkten auf Ver-
dacht gesprengt, mehr ist mit den vorhandenen Mitteln
nicht möglich." „Könnten wir vielleicht einen Gegentun-
nel an einer besonders gefährdeten Stelle graben?", fragte
Henry, der Ähnliches in einem älteren Buch gelesen hatte.
Colonel Phélippeaux sah ihn überrascht an und antwortete: „Mit einer Einheit von Sappeuren und Mineuren[35]
hätte ich diese Maßnahme längst veranlasst. Leider verfügt
Jazzar Pascha nicht über solche Spezialisten und wir erst
recht nicht."

Das war einleuchtend, doch so leicht wollte sich Henry
nicht geschlagen geben. „Vielleicht wäre es hilfreich, unter
unseren Seeleuten und Marineinfanteristen nach ehemaligen Bergleuten zu suchen. Die sollten doch die notwendige Erfahrung mitbringen", schlug er vor. Der Colonel
war begeistert. „Ihre Idee werde ich dem Kommodore
noch heute Nacht vortragen", sagte er.

---

[35] Auf Tunnelbau spezialisierte Pioniere

130

26

Der französische Angriff begann im Licht der aufgehenden Sonne, die zunächst noch ein roter Feuerball war. Henry du Valle stand auf dem Achterdeck der *Mermaid* und wusch sich an der Deckspumpe, als eine Abfolge von Explosionen die Luft erschütterte. Dann setzte der Beschuss der französischen Artillerie auf die Stadtmauer ein. Im Bereich von Landtor und Nordostturm stiegen graue Staubwolken auf. Offenbar hatten die Franzosen im dortigen Bereich Sprengladungen gezündet. Ihr Tunnelbau musste schneller erfolgt sein, als es sich Colonel Phélippeaux ausgerechnet hatte.

„Mr. Ellis, lassen Sie die Jagdgeschütze besetzen!", rief Henry und humpelte selbst nach vorn zu den beiden Kanonen. Mr. Potter war bereits an Ort und Stelle. Er würde das Steuerbordgeschütz übernehmen, das man nach Backbord verholt hatte, da die Mermaid vor Anker lag und nicht auf den anderen Bug wechseln konnte. Der alte Geschützmeister hatte seinen grauen Rauschebart hochgebunden, damit er nicht im Zündschloss seiner Kanone hängenblieb.

Da kamen die französischen Infanteristen. Durch den aufgewirbelten Staub waren sie nur schemenhaft zu sehen. Henry du Valle sagte: „Feuern Sie, Mr. Potter, sobald Sie ihr Ziel aufgefasst haben." „Aye, Captain", antwortete Mr. Potter halb abwesend, denn er war voll auf seine Kanone und ihr Ziel fokussiert.

Die beiden Kanonen feuerten fast gleichzeitig. Henry versuchte, die Flugbahn der Kugeln zu verfolgen, doch sie

verschwanden im Dunst. Fieberhaft luden die Geschütz-
mannschaften die Kanonen nach. Noch bevor Henry und
Mr. Potter erneut feuern konnten, ertönte die rollende
Breitseite der *Theseus*. Dazwischen bellten nun auch die
Geschütze der kleinen Kanonenboote auf.

Im Übereifer ließ ein Kanonier eine Kugel fallen, die gegen
Henrys Knöchel rollte. Dieser schrie vor Schmerzen auf.
Jeeves, der die Kanonade beobachtet hatte, sprang herbei
und führte Henry zu einem Süll, auf dem er sich niederlas-
sen konnte. Charlie Starr übernahm die Rolle des Ge-
schützführers.

„Das sieht überhaupt nicht gut aus, Sir", stellte Jeeves fest.
„Hast Du gesehen, wer die Kugel fallen ließ?", fragte
Henry. „Nein, Sir, aber am Ende sind die verdammten
Franzosen schuld", antwortete der Steward. Henry musste
über diese Logik lachen und vergaß darüber seinen
Schmerz für einen Moment.

Die britischen Schiffe auf der Ostseite der Halbinsel setz-
ten ihren Beschuss ununterbrochen fort. Henrys fühlte
sich frustriert, so nutzlos dabei zu sitzen, während die beiden Jagdkanonen der *Mermaid* ihren Beitrag leisteten. Zugleich wanderten seine Gedanken immer wieder zu Leutnant Townsend und Mr. Walters, die mit dem
Landkommando der *Mermaid* genau dort kämpften, wo
sich die Explosionen ereignet hatten und wohin der Angriff der Franzosen zielte. Wie mochte es ihnen ergangen
sein? Lebten sie noch oder waren sie längst tot?

„Sir! Sir! Sehen Sie dort!", rief Mr. Nutton ganz aufgeregt
und zeigte zum Hafen. Henry folgte seinem Blick und sah,
dass dort immer mehr von Jazzar Paschas Soldaten aus

dem Hafentor strömten. Sie alle versuchten, an Bord zweier Handelsschiffe zu gelangen, die direkt an der Kaimauer festgemacht hatten. Dabei kam es zum Teil zu heftigen Kämpfen, denn die kleinen Segler boten nur wenigen Männern Platz.

Dann erschien auch Jazzar Pascha selbst und bahnte sich mit seiner Leibwache einen Weg durch die Massen. Henry du Valle rechnete nun damit, dass er seine Soldaten zur Vernunft bringen und zurück in ihre Stellungen schicken würde. Doch er hatte sich getäuscht. Jazzar Pascha ging an Bord einer Lustbarke, die sofort ablegte und erst in sicherer Entfernung vom Ufer beidrehte.

„So ein Feigling, so ein verdammter Feigling!", rief Henry aus, „Ich hätte nicht wenig Lust, ihn und seine lächerliche Barke mit einer Breitseite zu versenken." Mr. Nutton sah seinen Kommandanten entsetzt an. „Aber Sir, das dürfen wir doch nicht", sagte er aufgeregt. Henry stutzte kurz und begann zu lachen. „Mr. Nutton, merken Sie sich für die Zukunft, ein Offizier der Royal Navy darf nur in ganz seltenen Fällen seinen privaten Wünschen folgen", sagte er mit einem Lächeln und fügte dann noch hinzu: „Und manchmal ist es übrigens für junge Gentlemen viel besser, eine Bemerkung ihres Kommandanten zu überhören als ein Signal vom Flaggschiff zu übersehen." Erschrocken schaute sich der Midshipman nach dem Flaggschiff um, dass aber auf der anderen Seite der Halbinsel vor Anker lag und von ihrem derzeitigen Liegeplatz überhaupt nicht sichtbar war. Erleichtert stellte er fest, dass ihn Henry auf den Arm genommen hatte.

Mr. Ellis trat hinzu und meldete: „Mit Verlaub, Sir, ich glaube, die Franzosen ziehen sich zurück." Henry wendete seinen Blick von den fliehenden Verbündeten ab und sah hinüber zum Nordostturm, auf dem jetzt eine einzelne Kanone das Feuer eröffnete. Da sich inzwischen der Staub halbwegs gelegt hatte, konnte man gut erkennen, wie die Franzosen zurück in Richtung ihres Lagers strömten. Dabei versuchten sie, ihren Rückzug halbwegs geordnet auszuführen.

Die Theseus signalisierte den Schiffen östlich der Halbinsel „Feuer einstellen". Sie hatten einen weiteren Angriff der Franzosen überstanden.

27

Völlig verdreckt und müde, aber zum Glück bis auf ein paar Schrammen unversehrt, kehrte Leutnant Townsend mit dem Landkommando zurück an Bord. Trotzdem ließ er es sich nicht nehmen, sofort Henry du Valle Bericht zu erstatten. Diesem hatte man auf dem Achterdeck einen Korbsessel aufgestellt. Henry ließ für seinen Freund einen weiteren Korbsessel und ein kühles Getränk kommen. Nachdem Joseph Townsend platzgenommen hatte, begann er seinen Bericht:

„Dieses Mal haben es die Franzosen wirklich wissen wollen. Sie begannen mit auffälligen Aktivitäten im Bereich des Serail-Gartens, worauf alle Reserven dorthin beordert wurden. Tatsächlich griffen sie dann jedoch bei uns an. Der Posten im Graben vor dem Tor war nicht besetzt, sondern die Arnauten müssen wohl im Turm geschlafen haben. Anders ist nicht zu erklären, dass die französischen Mineure Sprengladungen am Tor und an der Mauer anbringen konnten. Die Explosionen waren heftig. Mich hat es oben auf dem Erdwall erwischt. Durch großes Glück fegte mich die Druckwelle auf ein paar Sandsäcke. Andere, wie Giggs aus der Kuhlgang und der kleine Mickey hatten weniger Glück. Sie starben unter der Karronade, die es auch vom Wall geblasen hatte.

Dann griffen die Franzosen an, kaum dass wir Zeit hatten, unsere Verteidigung wieder zu organisieren. Sie hatten Leitern dabei und waren ganz schnell auf dem Wall. Wir konnten den Angriff nur mit Mühe abwehren. Ich schickte Mr. Walters zum Befehlshaber des benachbarten Abschnitts, um Hilfe anzufordern, doch er kam total geschockt zurück, denn die albanischen Truppen hatten ihren Posten verlassen, so wie viele Männer des Paschas. Angeblich soll ja sogar der Pascha selbst geflohen sein."

„Das ist wahr, ich habe ihn selbst gesehen, wie er auf seine Barke floh", warf Henry kurz ein. Dann setzte Leutnant Townsend seinen Bericht fort:

„Es war ein Wunder, dass die Franzosen erst recht spät bemerkten, dass sie nebenan völlig unbehelligt über den Wall gekommen wären. So hatte Colonel Phélippeaux Zeit, an den Zugängen zum Erdwall Barrikaden zu errichten, auf die wir uns zurückziehen konnten. Wir hatten den Rückzug gerade begonnen, da rückte Colonel Douglas mit der Marineinfanterie an und griff die französische Flanke an. Dadurch waren die Franzosen zum Rückzug gezwungen und wir waren gerettet. Ein kleiner Trupp konnte sich

135

aber in den unteren Gewölben des Nordostturms verschanzen, während eine türkische Geschützbesatzung den oberen Teil hält."

Es wurde gerade zu Mittag geglast, womit der neue Tag bei der Marine begann, als Dr. Harris an Bord kam. Er hatte den Vormittag im Lazarett verbracht und brachte eine schlechte Nachricht. „Pearce wird die kommende Nacht nicht überleben. Er scheint innere Blutungen zu haben, deren Quelle ich nicht finde", berichtete er. „Schade um ihn, er ist ein guter Mann", antwortete Henry du Valle betroffen. Jack Pearce war ein Zimmermannsmaat, der es mit seinen goldenen Händen sicherlich zum Decksoffizier gebracht hätte.

„Aber nun zu Ihnen", sagte Dr. Harris, „Ich schlage vor, wir gehen in Ihre Kajüte und dort schaue ich Sie mir ganz genau an." Henry erhob sich, ein Stöhnen unterdrückend und folgte dem Doktor unter Deck. Dr. Harris untersuchte ihn ganz genau. Die Verstauchung des Fußes hatte sich verschlimmert. „Ihr Fuß braucht ordentliche Bandagen und Sie brauchen vor allem Ruhe", stellte der Schiffsarzt fest. Henry wollte einwenden, dass es mit der Ruhe schlecht bestellt sei, denn immerhin war hier eine Belagerung abzuwehren, doch der Doktor duldete keinen Widerspruch.

Henry musste sich, zumindest teilweise, geschlagen geben. „Aber, wenn mich der Kommodore ruft, muss ich seinem Befehl folgen", sagte Henry. „Ja, aber bis es so weit ist, ruhen sie sich aus", hatte der Arzt das letzte Wort.

28

Am späten Nachmittag erfolgte der erwartete Ruf des Kommodores. Sir Sidney Smith lud die Kommandanten der großen Kriegsschiffe zur Lagebesprechung mit anschließendem Dinner ein. Als er sah, wie sich Henry an Deck mühte, kam er ihm erschrocken entgegen. „Mein Gott, Captain du Valle, in diesem Zustand gehören Sie doch eher ins Bett!", rief er aus, „Was sagt Dr. Harris zu ihrem Zustand?" „Ich soll mich schonen, Sir, aber unter den gegebenen Umständen ist das leichter gesagt als getan", antwortete Henry.

Sir Sidney Smith geleitete ihn persönlich in die Arbeitskajüte und stützte Henry dabei. Henry kam als letzter und wurde von Captain Miller und Commander Wilmot begrüßt. Aus der großen Kajüte kamen Colonel Phélippeaux und Colonel Douglas hinzu.

Der Kommodore begann mit einem Lagebericht. „Nun, Gentlemen, heute bei Sonnenaufgang erlebten wir den bislang schwersten Angriff der Franzosen. Dabei führte uns General Bonaparte zunächst an der Nase herum, indem er unsere Verteidigung mit einem Scheinangriff täuschte und anschließend versuchte, den Nordostturm und den dortigen Erdwall zu sprengen. Glücklicherweise haben sie sich dabei etwas vertan, so dass dieser Plan scheiterte. Den anschließenden Angriff konnten wir dank Leutnant Townsend und seinen Männern sowie eines Kontingents von der *Theseus* stoppen und mit Hilfe der Marineinfanterie zurückschlagen. Allerdings gelang es den Franzosen, sich im Keller und dem Erdgeschoss des Nordostturms festzusetzen, während die oberen Geschosse von der türkischen Artillerie gehalten werden", führte er aus.

Colonel Phélippeaux ergänzte: „Der heutige Tag hat uns gezeigt, dass die Franzosen bereits erste Belagerungsgeschütze heranführen konnten und sie somit von Tag zu Tag stärker werden, während wir zunehmend knapper mit den passenden Granaten für unsere französischen Mörser werden." „Mir ist aufgefallen, dass die französischen Mörsergranaten sehr häufig Blindgänger sind. Vielleicht könnten wir diese einsammeln und für unsere Zwecke herrichten", schlug Captain Miller vor. „Da muss ich Sie eindringlich warnen, Captain Miller, auch ein scheinbarer Blindgänger kann immer noch explodieren", sagte Colonel Phélippeaux.

„Wir sollten aber auch darüber sprechen, dass unsere Verbündeten alles andere als zuverlässig sind. Selbst Jazzar Pascha ergriff heute die Flucht. Es war ein unfassbarer Glücksfall, dass die Franzosen erst sehr spät bemerkten, dass weite Teile des Erdwalls unverteidigt waren. Ohne Colonel Douglas und seine Männer säßen wir jetzt nicht hier", warf Henry du Valle ein. „Unseren Verbündeten steckt Jaffa in den Knochen. Sie haben das Schicksal der dortigen Garnison vor Augen und fürchten um ihr Leben, wenn sie in französische Hände geraten sollten", antwortete Sir Sidney Smith, „Außerdem sollten wir nicht vergessen, dass die Garnison von Akkon fast nur aus irregulären Truppen besteht, die Jazzar Pascha persönlich angeworben hat. Ich rechne jeden Tag mit der Verstärkung aus Rhodos, denn sie dürfte das Blatt wenden. Bei der erwar-

138

teten Verstärkung handelt es sich um das europäisch bewaffnete und ausgebildete Chifflic-Regiment[36], ein Elitere-
giment." „Wenn sie doch nur schon kämen", sagte Captain
Miller. „Amen" war die allgemeine Antwort.

Colonel Phélippeaux sagte: „Ich habe noch eine Bitte und
bin dabei auf die Mithilfe aller Kommandanten angewiesen. Es geht um das Problem, der französischen Tunnel
Herr zu werden. Wir müssen einen Weg finden, die feindlichen Tunnel rechtzeitig zu finden und zu zerstören. Dazu
gehört auch das Graben von Gegentunneln. Leider stehen
uns keine geeigneten Fachleute zur Verfügung, doch Captain du Valle äußerte die sehr praktikable Idee, ehemalige
Bergleute unter den Seeleuten und Marineinfanteristen zu
suchen und mit ihnen eine Art Pioniertruppe zu formieren." Alle Anwesenden äußerten ihre Zustimmung zu diesem Vorhaben und versprachen, unter ihren Männern
nach Bergleuten zu suchen.

Abschließend sagte Sir Sidney Smith: „Ich glaube, wir haben jetzt, bis auf einen Punkt, alles besprochen. Unsere
Verteidigung steht und fällt mit dem Eintreffen der Verstärkung. Captain du Valle, Sie stellen alle verfügbaren
Männer unter den Befehl von Leutnant Townsend. Er
bleibt mit ihnen in Akkon, während Sie nach Rhodos segeln um festzustellen, wie es um die Verstärkung steht."
„Aye Sir", antwortete Henry du Valle. Er war froh, den
Kämpfen an Land wieder für einige Tage entgehen zu können. Vielleicht würde das auch seinem Fuß guttun.

---

[36] Das Regiment gehörte zur von Selim III. gegründeten Armee der neuen Ordnung, die nach europäischen Standard
ausgerüstet und organisiert war.

Damit war die Lagebesprechung beendet und Sir Sidney Smith bat die Kommandanten nun in die große Kajüte, wo die lange Tafel eingedeckt war. Zum Dinner waren auch die anderen Kommandanten eingeladen. Henry wurde von einem wie immer strahlenden Leutnant Larkin begrüßt und auch Mr. Simms freute sich, Henry zu begegnen.

Die Sitzordnung an der Tafel des Kommodores war, dem Marinebrauch entsprechend, wie ein kleiner Hofstaat geordnet. Sir Sidney Smith saß an der Stirnseite, zu seiner Rechten saß Captain Miller und zu seiner Linken Colonel Phélippeaux. Es folgten Colonel Douglas und Henry du Valle und schließlich Commander Wilmot und Major Oldfield, die kommandierenden Leutnants und die kommandierenden Midshipmen. Das Essen fiel etwas bescheidener aus, als man es sonst von Sir Sidney Smith gewohnt war, denn auch hier machte sich die Verknappung an frischen Lebensmitteln durch die Belagerung zunehmend bemerkbar. Sein Weinvorrat war aber noch umfangreich genug, für einen angenehmen Abend in entspannter Atmosphäre zu sorgen.

Der Kommodore unterhielt die Tafel zunächst mit Anekdoten aus seiner Zeit in schwedischen Diensten und am Hofe in Konstantinopel. Später löste sich die Tischordnung etwas auf und Henry fand Gelegenheit, einige Worte mit Leutnant Larkin zu wechseln, der noch immer vor Stolz auf sein eigenes Kommandos schier platzte.

Erst gegen Mitternacht kehrte Henry du Valle auf die *Mermaid* zurück. Die Nachricht, nach Rhodos segeln zu dürfen, löste bei allen, die nicht in Akkon bleiben mussten, große Freude aus. Noch in der Nacht wurden die entsprechenden Entscheidungen getroffen. Am Morgen ging dann Leutnant Townsend mit seinem Kommando an Land und die *Mermaid* lichtete den Anker.

29

Henry du Valle fühlte sich wie befreit, endlich wieder längere Zeit auf See sein zu dürfen. Bis auf die Mahlzeiten verbrachte er den ganzen Tag in seinem Korbsessel auf dem Achterdeck. Allerdings machte ihm nun sein Fuß schwerer zu schaffen, als es der Fall gewesen war, während er an Land ständig gefordert wurde. Wahrscheinlich war er dort zu sehr eingebunden gewesen, als dass er auf seinen Körper achten konnte.

Doktor Harris war zwar in Akkon geblieben, doch er hatte Jeeves ganz genaue Behandlungsinstruktionen hinterlassen und Jeeves führte diese buchstabengetreu aus. Mehr als einmal war Henry versucht, seinen Stewart mit einem Tritt in den Allerwertesten ins Wasser zu befördern, wenn dieser mit großem Brimborium und lauten Vorhaltungen die Kompressen wechselte. Henry kam sich dabei vor, als wäre nicht sein Fuß verletzt, sondern er hätte einen Schlag über den Schädel erhalten und wäre deshalb nicht mehr ganz Herr seiner Sinne. Mit der Zeit ließen die Schmerzen in seinem Fuß jedoch nach und auch die Schwellung ging zurück. Zugleich besserte sich Henrys Laune.

Das wunderbare Segelwetter, eine beständige Brise aus Süden trieb die *Mermaid* voran, wirkte dabei besonders stimmungsaufhellend. Henry wünschte sich, ewig so dahinzugleiten, war sich aber bewusst, dass dies nur ein frommer Wunsch war.

Sobald die Südküste Zyperns passiert war und die *Mermaid* auf Nordkurs ging, schlief der warme Südwind ein und wurde durch einen kühlen Wind aus Nordwest abgelöst, der die Sloop zum Kreuzen zwang. Die Zeit des unbeschwerten Segelns war vorbei und die Besatzung wurde mehrmals am Tag für Kurswechsel an Deck gerufen.

Henry saß nun, in einen schweren Uniformmantel gehüllt, an Deck und beobachtete kritisch alle Manöver. Mr. Ellis, der gerade die Wache hatte, sah die zunehmend schlechte Laune seines Kommandanten und hätte ihn gern aufgemuntert. Die Marineetikette verboten jedoch, den Kommandanten unaufgefordert anzusprechen, es sei denn, der Dienst erforderte es.

Die Gelegenheit kam und der Master trat auf Henry du Valle zu. „Sir, es wird wieder Zeit, den Kurs auf Nordost zu ändern", sagte er, seinen Hut mit der rechten Hand antippend. Henry blickte auf, als wäre er soeben erwacht und antwortete: „Machen Sie weiter, Mr. Ellis." Mr. Ellis salutierte erneut, blieb aber stehen und rief dem wachhabenden Bootsmannsmaat lediglich zu: „Mr. Peel, lassen Sie alle Mann pfeifen, bereitmachen zum Kurswechsel." „Gibt es noch etwas, Mr. Ellis?", fragte Henry. „Nun, mit Verlaub Sir", druckste der Master ein wenig herum, „Sie erscheinen in letzter Zeit ein wenig übellaunig, Sir." „Ja ist denn das ein Wunder, wo wir es eilig haben und seit Tagen nur von Schlag zu Schlag herumkrebsen", entgegnete Henry.

„Aber immerhin wird uns dieser Wind eine rasche Rückkehr von Rhodos garantieren", sagte Mr. Ellis. „Sind Sie sich da sicher?", fragte Henry. „Ja Sir, was wir gerade erleben, ist ein Wind, den die Griechen Meltemi nennen. Er hat dieses Jahr recht früh eingesetzt, weht aber den ganzen Sommer hindurch", erklärte Mr. Ellis. Henrys Miene hellte sich unwillkürlich auf und er sagte: „Einerseits bin ich ja wie alle an Bord recht froh, dieser Belagerung entronnen zu sein, doch mit jedem Tag wächst mein schlechtes Gewissen gegenüber unseren Kameraden, die wir in Akkon zurückgelassen haben."

Tatsächlich sorgte die Information des Masters dafür, dass sich Henrys Stimmung deutlich verbesserte. Hinzu kam, dass er nach einer Woche auf seine Fußbandagen verzichten konnte. Der Korbsessel wanderte zurück in die Offiziersmesse, die das bequeme Möbelstück gern ihrem Kommandanten überlassen hatte und Henry lief endlich wieder die gewohnten Runden auf dem Achterdeck, unterbrochen durch gelegentliches Aufentern in die Takelage.

Als er wieder einmal auf der Fockbramrah saß und den Horizont beobachtete, fielen ihm einige Vögel auf, die an Backbord voraus einen Fischschwarm zu verfolgen schienen. Giorgio, der neben ihm saß, bemerkte Henrys Blick und sagte: „Die Vögel jagen Sardellas, Capitano und kehren mit ihrem Fang an Land zurück." „Es ist also Land in der Nähe?", fragte Henry. „Si, Capitano, das werden wir schon bald sehen", bestätigte Giorgio.

Henry enterte ab und prüfte die Seekarte des Masters, auf der ihr Kurs eingezeichnet war. Wenn sie den Kurs so beibehielten, sollte das Land vor ihnen Rhodos sein. Sie hatten es also fast geschafft.

Ungefähr eine Stunde später meldete der Ausguck, es war Sean Rae, der Giorgio inzwischen abgelöst hatte: „Land in Sicht, direkt voraus!" Henry hielt es nicht an Deck, er enterte sofort wieder auf, um das gemeldete Land mit eigenen Augen zu sehen. Er war noch auf dem Weg nach oben, als Sean Rae erneut meldete: „Segel in Sicht, zwei, nein drei, nein viele Segel direkt voraus."

Henry erreichte die Fockbramsaling. Mit bloßen Augen waren Land und Schiffe zu erkennen, aber war es auch die erwartete türkische Transportflotte? Henry setzte sein Fernrohr an. Ja, die Kriegsschiffe hatten alle die typischen hohen Decks und Lateinersegel am Besan. Dazwischen erkannte Henry viele der, für das Mittelmeer so typischen, Polacker[37], Tartanen und Feluken. Hier war kein Irrtum möglich, sie hatten Rhodos erreicht und die türkische Flotte gefunden.

---

[37] Polacker waren dreimastige Schiffe im Mittelmeerraum mit Lateinsegeln an Fock- und Besanmast, sowie Rahsegeln an Groß und Besanmast. Bei den Masten handelte es sich um einteilige, sogenannte Pfahlmasten.

144

30

Henry du Valle wurde von Hassan Bey[38] an Bord der Korvette *Meserret* empfangen. Hassan Bey war der Befehlshaber der türkischen Entsatzkräfte, die von Rhodos nach Akkon verschifft werden sollten. Er trug einen nach französischen Vorbild geschnittenen roten Uniformrock, dazu blaue Pluderhosen und einen hohen roten Fez. Diese Uniform war Henry bereits bei den noch an Land befindlichen Soldaten, sowie den Soldaten an Bord der *Meserret* aufgefallen. In ihrer Einheitlichkeit unterschieden sie sich deutlich von anderen Truppen des Osmanischen Reichs, die er in Akkon und Algier gesehen hatte. Henry sprach Hassan Bey darauf an und dieser antwortete in fließendem Französisch: „Unser Regiment gehört zur Armee der Neuen Ordnung, die unser Großherr gegründet hat, nachdem ihn seine altmodischen Janitscharen[39] mehrfach enttäuscht haben. Er will eine neue, moderne und schlagkräftige Truppe schaffen und unser Chifflic-Regiment gehört dazu."

„Sie können sich nicht vorstellen, wie sehr wir in Akkon auf Ihr Regiment warten, Hassan Bey", sagte Henry du Valle, „Die Franzosen sind uns stark überlegen und bald werden sie auch ihre verlorene Belagerungsartillerie vollständig ersetzt haben." „Keine Sorge, während wir hier sprechen, rückt Abdullah Pascha mit einer großen Armee

---

[38] Bey ist hier als Offiziersrang, entsprechend einem Oberst verwendet, war aber auch der Titel von Gouverneuren einer Unterprovinz.
[39] Janitscharen waren seit dem 14. Jahrhundert die Leibwache und Elitetruppe der osmanischen Sultane.

aus Damaskus kommend auf Akkon vor. Das wird die Belagerer in die Flucht treiben", antwortete Hassan Bey lächelnd.

„Und wann könnt Ihr in Richtung Akkon aufbrechen?", fragte Henry du Valle. „Das klingt, als hätten Sie wenig Vertrauen in Abdullah Pascha und seine Armee", stellte Hassan Bey fest. „Wenn seine Armee ebenso schlagkräftig ist, wie die Truppen, die ich hier gesehen habe, ist mein Vertrauen grenzenlos", entgegnete Henry. Hassan Bey lächelte geschmeichelt und sagte: „Leider handelt es sich bei seiner Armee hauptsächlich um irreguläre Truppen, aber bei einer vierfachen Übermacht werden sie keine Probleme haben. Was nun Ihre Frage betrifft, so hat uns vor allem die Verladung der Artillerie gewissen Schwierigkeiten bereitet. Damit sind wir aber fertig und die Verladung der Infanterie geht zügig voran. Spätestens in zwei Tagen können wir aufbrechen."

Das waren ausgezeichnete Nachrichten, die Henry du Valle so rasch wie möglich nach Akkon bringen wollte. Aber zunächst bestand Hassan Bey darauf, ihn zum Essen einzuladen. Trotz aller Eile wäre es unhöflich gewesen, diese Einladung auszuschlagen, also fügte sich Henry in sein Schicksal und nahm die Einladung dankend an.

Das Essen fand nach Sonnenuntergang statt und neben Henry waren auch der Master und der Zahlmeister eingeladen. Von osmanischer Seite nahmen neben Hassan Bey dessen Offiziere und der Kapitän der *Meserret* teil. Da sie vor Rhodos lagen, war das Mahl entsprechend frisch und vielfältig. Viele der Speisen kannte Henry bereits vom

Hofe des Dey von Algier, doch es waren auch lokale Spezialitäten dabei.

Da auf britischer Seite nur Henry du Valle französisch sprach, war der Abend für ihn recht anstrengend, denn er musste viel übersetzen. Unter den türkischen Offizieren sprach nur Soliman Agha[40], Kommandeur eines Infanteriebataillons, englisch. Für Mr. Ellis und Mr. Wise ungewohnt war das Fehlen jeglichen Alkohols, der an Bord britischer Schiffe ja ganz einfach dazu gehörte. Hier mussten sie sich mit Säften oder Tee begnügen. Absoluter Höhepunkt des Abends waren verschiedene Fruchtsorbets, die zum Abschluss direkt von Land herangeschafft wurden.

Für Henry du Valle war es ein gelungener Abend. Er war nun zuversichtlich, dass die türkische Verstärkung eine echte Hilfe für die Verteidiger Akkons sein würde.

31

Die stetige Brise aus Nordwest sorgte dafür, dass die Rückfahrt der *Mermaid* nach Akkon deutlich schneller verlief als die Hinfahrt. Bereits nach vier Tagen kam die belagerte Stadt wieder in Sicht.

---

[40] Agha war ursprünglich der Titel für den Befehlshaber einer Waffengattung oder der Janitscharen. Zur Zeit der Handlung war es ein Offiziersrang unterhalb des Bey und entsprach einem Hauptmann.

Sir Sidney Smiths stehendem Befehl[41] folgend, verzichtete Henry du Valle auf den üblichen Salut. Der *Mermaid* wurde ein Ankerplatz in unmittelbarer Nähe zur *Tigre* angewiesen. Kaum war der Anker gefallen, signalisierte das Flaggschiff und befahl Henry zu Sir Sidney Smith an Bord.

Der Kommodore machte einen niedergeschlagenen und erschöpften Eindruck. Henry fragte sich, ob die Dinge inzwischen wirklich so schlecht standen. Doch zunächst wollte Sir Sidney Smith hören, wie es Henry ergangen war.

„Sir, ich habe die türkische Flotte wie erwartet vor Rhodos angetroffen. Die Truppen waren fast vollständig eingeschifft. Ihr Oberbefehlshaber, Hassan Bey, rechnete damit, innerhalb von zwei Tagen nach Akkon auslaufen zu können. Stellt man in Rechnung, dass so ein großer Konvoi einige Zeit benötigen wird, bis er sich in Bewegung setzt, sollte er in ungefähr fünf Tagen hier eintreffen", berichtete Henry du Valle. Sir Sidney Smith lächelte erfreut und sagte: „Das ist endlich eine gute Nachricht. Welchen Eindruck hatten Sie von den Truppen?" „Da der Großteil bereits an Bord der Transportschiffe war, habe ich wenig davon gesehen, aber was ich gesehen hatte, machte einen sehr guten Eindruck. Sie gehören zu einem neu aufgestellten Korps, das nach europäischem Muster uniformiert und ausgerüstet ist und ihre Offiziere machten einen sehr kompetenten Eindruck auf mich", antwortete Henry du Valle.

---

[41] Stehende Befehle waren vom Befehlshaber eines Geschwaders oder dem Kommandanten eines Kriegsschiffes erlassene allgemeine Verhaltensvorschriften, die keines weiteren Befehles bedurften.

„Leider sind meine Nachrichten weit weniger gut", sagte der Kommodore bekümmert, „Die Franzosen haben ihre Angriffsbemühungen stetig verstärkt. Wir konnten zwar ihre Tunnel zerstören, doch haben wir dabei Major Oldfield verloren und Leutnant Wright wurde schwer verwundet. Mit jedem Tag verstärken die Franzosen ihre Belagerungsartillerie. Inzwischen sind sie so stark, dass sie mehrere Abschnitte gleichzeitig unter Feuer nehmen können. Unter uns, wenn sich die Türken verspäten, wird Akkon kaum zu halten sein."

Henry schwieg zunächst betroffen, dann sagte er: „Major Oldfield war ein sehr guter Mann. Es tut mir sehr leid um ihn. Wie geht John?" „Er ist auf dem Wege der Besserung, doch er wird noch einige Tage brauchen, bis er wieder aufstehen kann", antwortete Sir Sidney Smith.

„Hassan Bey sprach von einer aus Damaskus vorrückenden Entsatzarmee. Haben Sie davon gehört, Sir?", fragte Henry. „Ja, unsere arabischen Verbündeten berichteten davon, dass General Kléber diese Armee beim Berg Tabor geschlagen und zum Rückzug gezwungen hat", sagte der Kommodore finster. „Also stehen wir vorerst weiterhin allein da", stellte Henry du Valle fest.

„Sir, welche Rolle haben Sie mir und der *Mermaid* in den kommenden Tagen zugedacht?", erkundigte sich Henry nun. „Da die *Mermaid* hauptsächlich über Karronaden verfügt, ist es wenig effektiv, sie weiterhin zur Artillerieunterstützung einzusetzen. Am besten wäre uns geholfen, wenn die gesamte Besatzung bis auf eine Ankerwache an Land eingesetzt wird", antwortete der Kommodore.

Henry hatte diese Antwort schon befürchtet, denn ihm war bewusst, dass im verlustreichen Verteidigungskampf jeder Mann zählte, wogegen die beiden zur Artillerieunterstützung geeigneten Jagdgeschütze der *Mermaid* für die Feuerkraft der Verteidiger fast bedeutungslos waren.

Nachdem ihn Sir Sidney Smith entlassen hatte, suchte Henry noch seinen alten Bordkameraden Leutnant Wright auf. Sir Sidney Smith hatte seinem Freund die Schlafkammer überlassen. John Wesley Wright lag in einer Schwingkoje. Der linke Arm und die linke Schulter waren verbunden. Seine Verwundung lag zwar schon zwei Wochen zurück, doch er war noch immer bleich, mit tiefen Augenringen und eingefallenen Wangen.

„John, was machen Sie für Sachen!", rief Henry aus, als er die Kammer betrat. „Das ist meine alte Krankheit, immer zur falschen Zeit am falschen Ort zu sein", antwortete Leutnant Wright gequält lächelnd. „Aber immerhin haben Sie mit Ihrem Einsatz Einiges erreicht", stellte Henry fest.

Nachdem er dem Verwundeten von seiner Fahrt nach Rhodos berichtet hatte, verabschiedete sich Henry und kehrte als der Überbringer schlechter Nachrichten auf die *Mermaid* zurück. Für die Ankerwache teilte Henry Mr. Nutton und den Quartermaster Randi Neals ein. Dazu kamen noch fünf leicht verletzte Seeleute.

Mit dem Rest der Besatzung ging Henry du Valle an Land. Die Kontingente von *Mermaid* und *Alliance* waren weiterhin an der Bresche zwischen Landtor und Nordostturm eingesetzt. Commander Wilmot und Joseph Townsend begrüßten Henry freudig. Der war jedoch erschrocken. Beide Offiziere schienen um Jahre gealtert, ihre Gesichter waren grau, ihre Uniformen staubig und nur notdürftig geflickt. Auch der Rest der Truppe wirkte erschöpft. Jetzt verstand Henry auch die Niedergeschlagenheit, die Sir Sidney Smith gezeigt hatte. Die Verteidiger von Akkon waren mit ihren Kräften am Ende.

32

Die französische Kanonade setzte noch vor Mitternacht ein. Es waren jedoch weder Haubitzen noch Mörser, die hier eingesetzt wurden, sondern offenbar schwere Schiffsgeschütze. Ihrem Klang nach unterschied Henry Achtzehn- und Vierundzwanzigpfünder. Da die Franzosen noch immer das Untergeschoß des Nordostturms hielten, konnte Henry nicht die Stadtmauer ersteigen, um sich ein genaueres Bild zu machen. Gemeinsam mit seinen Männern wartete er hinter dem Erdwall das Ende der Beschießung ab.

Die Franzosen hatten die Kanonade mit einer Salve begonnen, doch dann feuerte jedes Geschütz für sich, je nachdem wie schnell die Artilleristen arbeiteten. „Ich könnte schwören, es sind neun Geschütze", meinte Commander Wilmot schließlich. Henry und Leutnant Townsend stimmten ihm zu.

Die Franzosen konzentrierten ihr Feuer auf die Stadtmauer. Offensichtlich wollten sie so die Bresche in der Mauer vergrößern. Einige Kugeln landeten jedoch auch im Erdwall. „Irgendwann müssen sie das Feuer einstellen, sonst platzen ihnen die Rohre", sagte Henry. Im selben

Moment schwiegen die Kanonen und die Verteidiger erwarteten den Sturmangriff der französischen Infanterie. Doch der blieb aus.

Nach einer Viertelstunde schossen die französischen Kanonen wieder. Offenbar ging es den Franzosen nicht nur darum, die Mauer sturmreif zu schießen, sie wollten auch die Verteidiger zermürben. So verging die Nacht. Die Kanonen schossen eine Viertelstunde, dann schwiegen sie wieder um abzukühlen.

Als sich der Morgen mit einem schmalen Streifen am östlichen Horizont ankündigte, verlegten die Franzosen ihr Feuer nach vorn. Jetzt lag der Erdwall unter ihrem ständigen Feuer. Eine Kugel fegte die Karronade wieder einmal von der Krone des Walls. Sofort sprang Commander Wilmot auf, um sie mit einigen Seeleuten wieder nach oben zu hieven.

Da es sich nur um eine Karronade handelte, gelang das relativ schnell. Sobald das Geschütz wieder in seiner Stellung stand, richtete der Commander es sofort auf die Bresche in der Mauer aus. Plötzlich brach er über der Karronade zusammen. Übertönt vom Kanonendonner musste einer der Franzosen, die sich im Erdgeschoss des Nordostturms verschanzt hatten, mit seiner Muskete auf David Wilmot geschossen haben.

Henry du Valle sprang auf und erklomm den Erdwall, um Wilmot zu helfen. Oben erkannte er sofort, dass hier keine Hilfe mehr möglich war. Die Kugel war in Commander Wilmots Stirn eingedrungen und hatte bei Austritt aus dem Schädel den halben Hinterkopf weggerissen. Ein junger

Matrose, der neben Henry stand, drehte sich weg und übergab sich.

Henry war erschüttert. Er hatte Commander Wilmot als sehr angenehmen und engagierten Offizier kennengelernt. Er befahl zwei Seeleuten, die Leiche zum Hafen zu bringen. Als Seemann hatte er ein richtiges Seemannsbegräbnis verdient.

Es wurde wieder ruhig. Langsam waren alle Nerven bis auf das Äußerste angespannt. Wie lange würden die Franzosen ihre Kanonade noch fortsetzen? Wann würden sie angreifen? Oder kamen sie heute überhaupt nicht?

Bereits fünf Minuten später setzte das Feuer wieder ein. Henry befand sich wieder hinter dem Wall in Deckung. Auf dem Wall hielten nur einige Beobachter dem Feuer stand. Plötzlich rutschte einer von ihnen den Wall hinab und kam zu Henry. „Sir, die Franzosen greifen an", meldete er. Henry du Valle nickte, zum Zeichen, dass er verstanden hatte. Dann richtete er sich auf, zog seinen Säbel und rief: „Alle Mann den Wall besetzen!"

Die Matrosen erklommen den Erdwall über die angelegten Leitern. Auf dem Wall stand noch immer die Karronade, an der Commander Wilmot gefallen war. Sein Blut klebte am Rohr. Es war inzwischen eingetrocknet und fast schwarz. Aber das Geschütz war gerichtet. Henry ließ die Karronade mit gehacktem Blei laden. Der erste Schuss galt den Franzosen im Nordostturm. Gellende Schmerzensschreie zeigten, dass er getroffen hatte.

Dann kamen die Franzosen und ihre Kanonen schwiegen. Im Licht der ersten Sonnenstrahlen strömten sie wieder durch die Bresche in der Stadtmauer. Sie wurden von wütenden Gewehrsalven und dem Feuer der Karronade empfangen. Reihenweise fielen sie und die nachfolgenden Reihen stiegen über sie hinweg.

„Mermaids und Alliances zum Angriff!", schrie Henry und rutschte den Erdwall hinab. Die Verteidiger des Walls folgten ihm. Die Bajonette waren in den Händen der erfahrenen französischen Infanteristen furchtbare Waffen, doch dies war kein weites Schlachtfeld. Es war so eng, dass die britischen Seeleute ihre Erfahrungen im Enterkampf auf engstem Raum ausspielen konnten. Langsam aber sicher wichen die Franzosen zurück und wandten sich schließlich zur Flucht.

Erschöpft ließ sich Henry zu Boden sinken. „Sir, da kommt ein Parlamentär", meldete plötzlich Leutnant Blow von der *Alliance*. Henry richtete sich auf. Tatsächlich, ein Offizier näherte sich in Begleitung eines Soldaten mit weißer Flagge und eines Hornisten.

„Charlie, nimm Dir eine Pike und befestige ein halbwegs weißes Tuch daran. Du begleitest mich", befahl Henry. In Begleitung seines Bootsteurers trat er vor die Stadtmauer. Dort erwarteten sie die Franzosen. „Leutnant Chacun von der französischen Revolutionsarmee", stellte sich der Offizier in passablem Englisch vor. „Commander du Valle von der Royal Navy", antwortete Henry du Valle auf Französisch. „Sie sprechen Französisch, das ist gut!", rief Leutnant Chacun erfreut aus. „Was kann ich für Sie tun, Leutnant Chacun?", fragte Henry. „Monsieur, wir möchten unsere Toten und Verwundeten bergen und bitten um eine

Waffenruhe", sagte Leutant Chacun. „Ich bin einverstanden. Die Waffenruhe gilt für eine Stunde. Ihre Männer kommen ohne Waffen oder sonstige kriegsmäßige Ausrüstung", antwortete Henry. „Einverstanden", sagte nun auch Leutnant Chacun und beide Offiziere gaben sich die Hand. Dann kehrten sie zu ihren Leuten zurück. Auch die türkischen Artilleristen auf dem Nordturm und die Franzosen im Erdgeschoss des Nordostturms wurden über die Waffenruhe informiert.

Dann rückten die Franzosen unter Führung eines Hauptmanns an. Der Hauptmann trug seinen Degen in der Scheide, alle anderen waren unbewaffnet. Toter und um Toter wurde von den Franzosen auf Tragen abtransportiert. Nur ganz wenige Verwundete waren darunter. Auch die Briten bargen ihre Toten und Verwundeten. Ihre Verluste waren erstaunlich gering.

Plötzlich kam Mr. Walters ganz aufgeregt zu Henry. „Sir, ich glaube, die Franzosen versorgen ihre Männer im Nordostturm", meldete er. Tatsächlich schienen einige der Träger auf dem Hinweg Lebensmittel und Schießpulver mit sich zu führen. Sofort wandte sich Henry du Valle an den französischen Hauptmann: „Monsieur, ich protestiere. Mit dem Nachschub für Ihre Männer im Turm verstoßen Sie gegen die Waffenruhe." Der Hauptmann drehte sich achselzuckend weg.

Inzwischen waren ohnehin alle Toten und Verwundeten geborgen und die letzten Franzosen zogen wieder ab.

33

Erschöpft und hungrig begab sich Henry zum Quartier von Colonel Phélippeaux. Zuvor hatte er noch dafür gesorgt, dass die Seeleute der *Mermaid* und der *Alliance* ihre Mahlzeiten bekamen. Dafür wurden die Schiffsköche und ihre Gehilfen abgestellt, die Kessel auf den Schiffen anzuheizen und die Mahlzeiten zu kochen. Um die Zeit zu überbrücken, bis das Essen zubereitet war, wurden Kisten mit Schiffszwieback und ein Kessel Grog zum Erdwall gebracht.

Colonel Phélippeaux hatte die Nacht bei den Gärten des Paschas verbracht. Seitdem die Franzosen über immer mehr schwere Geschütze verfügten, wurde die Stadtmauer in diesem Bereich regelmäßig beschossen. „Ich bin mir sicher, dass Bonaparte schon bald bei den Gärten angreifen wird. Dort wird er aber sein blaues Wunder erleben, denn wir haben eine Mausefalle vorbereitet", erzählte Colonel Phélippeaux. „Eine Mausefalle?", fragte Henry. „Ja, sobald die Franzosen die Bresche stürmen, werden sie von drei Seiten unter Feuer genommen", antwortete der Colonel. „Dort sind doch die Truppen des Paschas eingesetzt, sollten wir sie nicht lieber durch Marineinfanteristen ersetzen?", erkundigte sich Henry. Colonel Phélippeaux schüttelte den Kopf und sagte: „Das ist nicht möglich, da sich hinter den Gärten der Harem des Paschas befindet. Es war für ihn schon ein großes Zugeständnis, zumindest seinen eigenen Männern den Zutritt zu den Gärten zu gestatten."

Henry berichtete nun von den Ereignissen der Nacht. „Wir müssen die Bresche am Nordostturm unter unsere

Kontrolle bringen und dafür die Franzosen im Turm aus-
räuchern. Das versetzt uns dann auch in die Lage, die französischen Laufgräben mit eigenen Gräben anzugreifen",
erklärte Colonel Phélippeaux zu Henrys Bericht. „Aber
meine Männer sind von dem Dauerbeschuss und dem anschließenden Angriff erschöpft", erwiderte er dazu. „Ich
werde die Marineinfanterie einsetzen, die war letzte Nacht
in Reserve", antwortete der Colonel, „Und um die Gräben
kümmern sich die Marine-Pioniere."

Nachdem Henry einige Stunden im Quartier von Colonel
Phélippeaux geschlafen hatte, begab er sich zurück zum
Erdwall. Die Seeleute der *Mermaid* und der *Alliance* waren
mittlerweile zur alten Kreuzfahrerburg marschiert, um in
den kühlen Gewölben etwas zu schlafen.

Colonel Douglas bereitete den Angriff auf den Nordostturm vor. Henry stellte sich ihm als Geschützführer der
Karronade zur Verfügung. „Danke, Captain du Valle, ein
guter Artillerist ist mir immer willkommen", sagte der Colonel.

Die Karronade wurde mit gehacktem Blei geladen. Das
Blei ließ zwar keinen gezielten Schuss zu, würde auf diese
Entfernung aber würde seinen Weg in die französische
Stellung viel besser finden, als eine Kugel. Henry feuerte
die Karronade ab. Erwartungsgemäß trafen viele Bleistü-
cke das Mauerwerk des Turms oder stiebten den Sand vor
dem Turm auf. Doch die Schmerzensschreie aus dem Ge-
wölbe zeigten, dass der Schuss trotzdem erfolgreich war.

Fieberhaft wurde die Karronade wieder geladen. Das ging
viel leichter als mit den schweren Kanonen. Wieder feuerte
Henry und wieder wurden Treffer erzielt. So ging das fast

eine halbe Stunde. Dann rückte die Marineinfanterie vor. Das ging ganz ruhig vonstatten. Erst als die Soldaten in das Erdgeschoss eindrangen, war ihr lautes Hurra zu hören.

Schon nach wenigen Augenblicken kehrte ein Leutnant aus dem Turm zurück und meldete Colonel Douglas, der bei Henry und seiner Karronade stand: „Sir, die Franzosen haben den Turm geräumt. Sie sind durch ein Loch, dass sie in die Außenmauer geschlagen haben, geflohen und haben nur ihre Toten zurückgelassen.

Ein Melder informierte sofort Colonel Phélippeaux über den Erfolg. Wenig später rückte dieser mit seinen aus ehemaligen Bergleuten rekrutierten Marine-Pionieren an. Im Schutz der Stadtmauer begannen sie, Laufgräben auszuheben, die zunächst bis zur Bresche vorgetrieben wurden. Hier wurden zwei Stellungen für Karronaden und Unterstände für die Artilleristen angelegt. Das geschah vollkommen unbehelligt von den Franzosen, die wohl zunächst nichts von den Aktivitäten bemerkten.

Von der Bresche aus wurden nun zwei Laufgräben angelegt, die vor die Stadtmauer führten. An einigen Stellen konnten dabei die französischen Gräben genutzt werden. Das konnte nicht auf Dauer unbemerkt bleiben, zumal General Bonaparte seinen Befehlsstand auf einem kleinen Hügel hatte, von dem aus er bis in die Gräben blicken konnte.

Die französischen Kanonen eröffneten auch schon bald das Feuer auf die neu angelegten Gräben. Neben einfachen Feldgeschützen und schweren Schiffskanonen verwendeten sie auch schwere Mörser, deren Granaten nach dem Einschlag explodierten. Solche Mörser hatten sich auch unter der erbeuteten Belagerungsartillerie befunden, so dass sie Henry du Valle bekannt waren. Ihre Granaten waren mit Schießpulver gefüllt, dass mit kurzen Zündschnüren zur Explosion gebracht wurde. Die Artilleristen konnten durch Berechnung der Flugbahn und Länge der Zündschnur bestimmen, ob die Granate noch in der Luft oder nach dem Einschlag explodierte.

Eine Granate explodierte direkt über einem der Laufgräben und tötete vermutlich alle in diesem Abschnitt befindlichen Männer. Zunächst war aber nicht erkennbar, wie hoch der Blutzoll dieser Granate war.

In der Zwischenzeit waren die Geschützbedienungen der hinter dem Erdwall installierten Haubitzen und Mörser aus der Kreuzfahrerburg herbeigeeilt und erwiderten das Feuer. Durch sein Fernrohr sah Henry, dass zumindest ein französischer Mörser außer Gefecht gesetzt wurde. Die britischen Verteidiger hatten den Vorteil, dass die französischen Stellungen vom Erdwall und von der Stadtmauer aus sichtbar waren, während ihre eigenen Geschütze, bis auf die Karronaden, für die Franzosen nicht zu sehen waren.

Schließlich zogen die Franzosen ihre Geschütze so weit zurück, dass sie außerhalb der Reichweite der britischen Artillerie waren. Nun schickte Colonel Douglas Männer in die Laufgräben vor, um nach Überlebenden der Kanonade zu suchen. Da die Gräben nicht geradlinig verliefen, sondern nach wenigen Metern immer wieder die Richtung änderten, war die Opferzahl überraschend niedrig.

Nur drei Tote und zwei Verwundete wurden hinter die Stadtmauer gebracht. Aber einer der Toten trug eine Offiziersuniform. Es war Colonel Phélippeaux.

34

„Deshalb übergeben wir seinen Körper der Tiefe. Damit er der Verwesung anheimfalle. In der Erwartung der Auferstehung des Leibes, wenn das Meer seine Toten aufgibt, im Leben der kommenden Welt. Durch unseren Herrn Jesus Christus, Amen", beendete Sir Sidney Smith sein Gebet, während der in ein Segeltuch eingenähte Körper von David Wilmot ins Meer glitt und sofort unterging.

Die Bestattung fand an Bord der *Alliance* statt, die dafür einige Seemeilen auf die offene See gekreuzt war. Neben Sir Sidney Smith nahmen auch Captain Miller und Henry du Valle an der Seebestattung teil. Colonel Phélippeaux war zuvor an Land beigesetzt worden.

Der Kommodore war sichtlich gezeichnet vom Verlust seines Freundes Phélippeaux und des jungen, hoffnungsvollen Seeoffiziers. Während die *Alliance* zurück nach Akkon segelte, tranken er und die beiden Kommandanten in der Kajüte der *Alliance* ein letztes Glas auf die beiden Toten.

Dann war es wieder Zeit, sich den Lebenden und der Verteidigung von Akkon zuzuwenden. „Der Mangel an Munition für die französischen Geschütze wird zunehmend zum Problem", erklärte Sir Sidney Smith. „Ich habe bereits

160

begonnen, mit meinen Männern Blindgänger aus der Beschießung durch die Franzosen zu bergen", berichtete Captain Miller. „Wie viele Granaten waren das bisher?", wollte Sir Sidney Smith wissen. „Immerhin fünfundzwanzig Stück", antwortete Captain Miller. „Damit kann man nicht einmal einen Angriff abwehren", warf Henry du Valle ein. „Sicher nicht, doch es ist zumindest ein Anfang", sagte Captain Miller ein wenig schmallippig. „Auf jeden Fall ist es ein sehr riskantes Geschäft, ich bewundere Deinen Mut", versuchte Henry seinen Freund zu beschwichtigen.

„Wie dem auch sei, wir brauchen Nachschub und den bekommen wir nur, wenn wir uns beim französischen Nachschub bedienen", stellte Sir Sidney Smith fest. Der Kommodore sah Henry an und sagte: „Wir haben bereits darüber gesprochen, dass uns die *Mermaid* bei der Landunterstützung nur wenig nutzt. Andererseits brauchen wir an Land jeden Mann, zumindest bis die türkische Verstärkung eintrifft. Captain du Valle, Sie werden sich mit der *Mermaid* nach Süden begeben und vor Jaffa oder Alexandria den französischen Nachschub angreifen." „Aye, Sir", antwortete Henry und konnte ein Lächeln nicht unterdrücken, denn dieser Befehl bedeutete Unabhängigkeit und hoffentlich auch Prisen.

Sir Sidney Smith sah das Lächeln und sagte mit ernstem Gesicht: „Leider war das die einzige gute Nachricht für Sie, denn ich kann Ihnen nur eine Rumpfbesatzung lassen. Leutnant Townsend wird das Landkommando übernehmen und Ihre Marineinfanteristen bleiben Colonel Douglas unterstellt."

„Damit bin ich eine leichte Beute für die französischen Fregatten und Korvetten", gab Henry zu bedenken. „Aber nur, wenn der Feind um die Besatzungsstärke der *Mermaid* weiß", erwiderte der Kommodore. Captain Miller schlug Henry lachend auf die Schulter und sagte: „Lass es gut sein, Henry, wir alle wissen, dass Du wie immer das Beste aus diesem Auftrag machen wirst."

35

Sir Sidney Smiths Befehle sahen vor, dass die *Mermaid* die Reede von Akkon zunächst auf Westkurs verlassen sollte. Das hatte zwei Gründe. Erstens sollten die Franzosen nicht vorgewarnt werden, dass ein britisches Kriegsschiff Kurs auf ihren wichtigsten Versorgungsweg nahm und zweitens sollte Henry du Valle Ausschau nach der türkischen Transportflotte halten. Hassan Bey hatte Henry versprochen, zwei Tage nach ihm in Richtung Akkon aufzubrechen und diese zwei Tage waren vergangen. Die Verteidiger von Akkon warteten immer verzweifelter auf frische Truppen, frische Lebensmittel und neue Munition.

So kreuzte die *Mermaid* bis zum Sonnenuntergang nach Westen. Als es dunkel wurde, ließ Henry beidrehen. Er hoffte, die Entsatzflotte spätestens bei Sonnenaufgang zu sichten. Aber die Nacht blieb ruhig und als die Sonne schließlich wieder über dem fernen Land im Osten aufging, beschien sie einen leeren Horizont. Niemand an Bord der *Mermaid* ahnte, dass sie die türkische Flotte in der Nacht rund zwanzig Seemeilen südlich passiert hatte und diese ihren Landfall bei Jaffa machen würde.

Henry du Valle ließ Vollzeug setzen und direkten Kurs auf Alexandria nehmen. Obwohl die *Mermaid* dabei einige wichtige Schiffahrtslinien kreuzte, blieb sie den ganzen Tag über vollkommen allein. Lediglich eine Schule Tümmler begleitete sie bis zum Sonnenuntergang und drehte dann nach Norden ab.

Da zwei Drittel der Besatzung dem Landkommando unter Leutnant Townsend zugeordnet waren, standen nur noch Mr. Ellis und der Steuermannsmaat Mr. Lewis als Wachhabende zur Verfügung. Deshalb entschloss sich Henry, selbst auch Wache zu gehen. Auch die anderen Positionen an Bord waren stark ausgedünnt, jedoch hatte Henry darauf geachtet, dass die besten Seeleute bei ihm an Bord verblieben.

Als Henry du Valle die Vormittagswache vom Master übernahm, ließ er sich auch die gegisste Position auf der Seekarte zeigen. „Wann wird Alexandria in Sicht kommen, Mr. Ellis?", fragte er. „Bei der gegenwärtigen Geschwindigkeit am frühen Nachmittag, Sir", antwortete der Master. Henry nickte zustimmend und sagte: „Dann werden wir die Bram- und Royalsegel wegnehmen, um langsamer zu werden. Ich will erst in der Abenddämmerung vor Alexandria sein."

Der Master ließ den Befehl sofort ausführen. Jetzt, beim Wachwechsel, waren alle Mann an Deck und nach wenigen Minuten glitt die *Mermaid* deutlich langsamer durch die sanften Wellen. Henry beabsichtigte, sich im Schutze der Dunkelheit mit seiner Gig in den Hafen zu schmuggeln, um ein genaueres Bild von den dort ankernden Schiffen zu

163

erhalten. Vielleicht ließ sich sogar in Erfahrung bringen, welche Schiffe Munition für Bonapartes Armee luden.

„An Deck!" der laute Ruf des Ausgucks auf dem Fockmast riss Henry aus seinen Überlegungen. „Was gibt es?", rief Henry fragend zurück. „Drei Segel an backbord voraus auf Nordostkurs", antwortete Sean Rae, der oben im Ausguck saß. Die gesichteten Schiffe würden also demnächst ihren Kurs kreuzen, stellte Henry für sich selbst fest. Er ließ sich sein Fernrohr bringen und enterte auf, um sich selbst ein Bild zu machen.

Sean Rae rückte etwas zur Seite und zeigte dann, wo die drei Segel peilten. „Ich glaube, sie haben uns noch nicht gesehen, weil wir die oberen Segel weggenommen haben", fügte er hinzu. Henry brummte zustimmend, während er die Segel mit seinem Fernrohr anvisierte. Da waren sie, drei kleine Küstensegler, vermutlich Feluken mit Lateiner- segeln. Er versuchte, sich ihren Kurs auf der Seekarte vor- zustellen. Wenn sie von Malta oder direkt aus Frankreich kämen, wären sie weiter im Norden unterwegs. Also ka- men sie entweder von der nordafrikanischen Küste oder sie hatten von Alexandria aus einen weiten Schlag nach Westen gemacht, um in sicherer Entfernung von der Küste Jaffa oder gar Haifa direkt ansteuern zu können. Dann wä- ren sie genau die Beute, die er suchte. Aber er müsste ver- hindern, dass sie ihn bemerkten, ehe er sie sicher hatte. Im vergangenen Jahr war Henry mit einer Feluke von Algier aus gesegelt, um die französische Flotte zu suchen, die er vor Alexandria vermutet hatte. Deshalb wusste er, wie hart diese Schiffe an den Wind gehen konnten, viel härter als die *Mermaid*. Notfalls ließen sie sich sogar gegen den Wind rudern. Die *Mermaid* musste also von achtern angreifen. Dazu sollte sie in einem weiten Bogen ausweichen.

Henry du Valle beugte sich etwas vor und rief nach achtern: „Fünf Strich nach Steuerbord abfallen!" „Aye Sir, neuer Kurs liegt an", bestätigte Tom Short, der Quartermastermaat, wenig später. Damit blieb die *Mermaid* außerhalb der Sicht der drei Schiffe mit ihren deutlich niedrigeren Masten.

Nach einer Stunde beschrieb die *Mermaid* einen Bogen und befand sich nun nach Henrys Berechnungen im Kielwasser der Schiffe. Jetzt ließ Henry Vollzeug setzen und die *Mermaid* preschte dahin wie ein Rennpferd.

Es dauerte nicht lange und die drei Schiffe kamen wieder in Sicht. Sie segelten in Kiellinie mit einem Abstand von ungefähr einer Kabellänge. Auch durch sein Fernrohr konnte Henry keine Flagge erkennen. Auch die *Mermaid* hatte noch keine Flagge gesetzt. So würden sie ihre Beute nicht vor der Zeit verschrecken.

Die drei Schiffe kamen immer näher. Inzwischen konnte Henry durch sein Fernrohr Einzelheiten an Deck der hinteren Feluke erkennen. Dort hatte man sie noch nicht entdeckt. Offenkundig interessierte man sich mehr für den vor ihnen liegenden Horizont. Erwarteten sie eine Eskorte? Henry beschloss, lieber auf der Hut zu sein, auch wenn die drei Feluken eine leichte Beute zu sein schienen.

„Behalte ganz genau den Horizont im Blick", schärfte Henry Sean Rae ein, als er sich anschickte, aufs Achterdeck zurückzukehren. „Aye Sir", antwortete dieser und dachte bei sich, „Ich bin doch kein Landlubber, der seine Pflichten nicht kennt."

Inzwischen konnte man die Feluken auch von Deck aus mit bloßen Augen sehen. Und jetzt wurde auch die *Mermaid* bemerkt. Von der vordersten Feluke stiegen am Mast Flaggen auf und die Feluken stoben auseinander. So musste sich Henry jetzt entscheiden, welche Feluke nun weiterhin verfolgt werden sollte. Er entschied sich für das Führungsschiff, denn dort vermutete er die wichtigste Ladung.

Die Feluke war auf dem alten Kurs geblieben und hatte so eigentliche keine Chance gegen die viel schnellere *Mermaid*, die rasch aufholte. Henry befahl Klarschiff zum Gefecht, ließ dann aber alle Geschützbesatzungen bis auf die der Jagdkanonen wegtreten. Alle anderen wurden jetzt an den Segeln dringender gebraucht.

Auf Henrys Befehl feuerte die Steuerbordkanone einen ersten Schuss ab. In diesem Moment drehte die Feluke nach Steuerbord ab und die Kugel landete im Wasser. Die Feluke drehte immer weiter und Henry wurde klar, was ihr Kommandant beabsichtigte. Er wollte auf Gegenkurs gehen und so seinem Verfolger entkommen. Henry atmete tief aus. Nur gut, dass seine Männer an den Segeln bereitstanden. So konnte er sofort reagieren, indem er wendete und den Luvvorteil behielt.

„Fertig machen zur Steuerbordwende!", rief er und fast gleichzeitig hob der Bootsmann den Arm zum Zeichen der Bereitschaft. „Jetzt!", rief Henry und die Rudergänger ließen das Steuerrad herumwirbeln, während die Rahen herumgezogen und neu ausgerichtet wurden. Innerhalb kürzester Zeit segelte die *Mermaid* auf ihrem neuen Kurs und Henry sah, dass sie der Feluke den Fluchtweg versperrte.

Jetzt ließ Henry die Backbordkanone abfeuern. Die Kugel schlug mittschiffs ein. Was nun folgte, war eine gewaltige Explosion. Die darauffolgende Druckwelle brachte die *Mermaid* fast zum kentern, hätte der am Ruder stehende Quartermaster Randi Neals nicht geistesgegenwärtig gegengesteuert. Die Feluke musste Schießpulver geladen haben. Offenbar hatte die an Deck einschlagende Kanonenkugel für einen Funkenschlag gesorgt, der die gefährliche Ladung entzündet hatte. Glücklicherweise schlugen die in die Luft geschleuderten Wrackteile rund einhundert Meter vor der *Mermaid* ins Meer ein.

Als sich der Rauch verzogen und die gewaltige Wasserfontäne beruhigt hatte, trieben nur noch Trümmer und Leichenteile im Wasser. Hier konnte es keine Überlebenden geben. Trotzdem ließ Henry ein Boot aussetzen, während er sich nun um die anderen Schiffe kümmern wollte.

Die nach Steuerbord abgedrehte Feluke hatte ihr Segel eingeholt und wurde nun gegen den Wind gerudert. Hier gab es keine Chance, sie noch abzufangen. Die andere Feluke wurde ebenfalls gegen den Wind gerudert, doch die *Mermaid* stand zu ihr so günstig, dass es sich lohnte, auf Abfangkurs zu gehen. Das ausgesetzte Boot blieb derweil zurück.

Als der Kommandant der Feluke erkannte, dass ihm auf dem gegenwärtigen Kurs Gefahr drohte, ließ er wieder das große Lateinersegel setzen und die Feluke ging zurück auf ihren ursprünglichen Kurs. Die *Mermaid* korrigierte ebenfalls ihren Kurs und holte unaufhaltsam auf. Diesmal wollte Henry kein Risiko eingehen. Deshalb verzichtete er darauf, die Feluke auf weite Distanz zu beschießen. Es würde genügen, die ausgefahrene Breitseite der *Mermaid* zu zeigen, um ihren Kommandanten zur Kapitulation zu bewegen.

Endlich war die Feluke nah genug. Da meldete sich Sean Rae vom Fockmast: „An Deck! Segel direkt voraus!" Henry nahm sofort sein Fernrohr zur Hand. Ein Dreimaster kam ihnen direkt entgegen, weshalb die Annäherung sehr rasch erfolgte. Wenn ihn nicht alles täuschte, handelte es sich um eine Fregatte. Selbst unter normalen Umständen war das ein überlegener Gegner, mit der gegenwärtigen Rumpfbesatzung hatte die *Mermaid* keine Chance. Unter diesen Umständen blieb nur die Flucht.

Sofort ließ Henry eine Halse einleiten, um zum ausgesetzten Boot zurückkehren zu können. Aus dem Jäger war urplötzlich ein Gejagter geworden.

36

Die Halse der *Mermaid* hatte ihre Verfolgerin bis auf zwei Seemeilen herangebracht und Henry konnte sie vom Achterdeck aus näher in Augenschein nehmen. Zufrieden stellte er fest, dass er die Fregatte kannte. Es war die *Junon* mit vierzig Kanonen. Als er sich im vergangenen Jahr nach der Schlacht bei Aboukir mit der *Mermaid* auf den Heimweg machte, hatte er Alexandria passiert und die *Junon* im dortigen Hafen liegen sehen. Sie befand sich also schon länger in diesen Gewässern und entsprechend stark bewachsen würde ihr Rumpf sein, während der Rumpf der *Mermaid* erst im vergangenen Herbst in Portsmouth gereinigt worden war.

Henry du Valle war sich deshalb sicher, der *Junon* entkommen zu können, obwohl die Fregatten ihrer Klasse als ausgezeichnete Segler bekannt waren, doch das war die *Mermaid* ja auch. Mr. Ellis sah das ebenfalls so, aber er machte sich Sorgen, dass die Mermaid bei der Bergung des Bootes zu viel von ihrem Vorsprung einbüßen könnte. Besorgt fragte er: „Sir, wollen wir wirklich beidrehen, um die Gig wieder an Bord zu nehmen? Bei dem Manöver könnten wir so viel an Vorsprung verlieren, dass wir in die Reichweite ihrer Kanonen geraten." Henry sah ihn grimmig an und antwortete: „Mr. Ellis, in der Gig sitzt mein Bootssteurer mit vier Toppgasten. Lord Nelson hat in solch einer Situation sogar für einen kleinen Leutnant beidrehen lassen, da werde ich doch meinen Bootssteurer und vier Toppgasten nicht ihrem Schicksal überlassen."[42]

---

[42] Am 12. Februar 1797 befanden sich Commodore Nelson und Leutnant Hardy an Bord der *Minerve* auf dem Weg von Gibraltar zur britischen Mittelmeerflotte, als sie von zwei spanischen Fregatten verfolgt wurden. Ein Seemann ging über Bord und Hardy versuchte, ihn mit einem Beiboot zu retten. Als die Spanier rasch näherkamen, wollte Captain Cockburn mehr Segel setzen, doch Nelson überstimmte ihn mit den Worten: „By God, I'll note lose Hardy, back that mizzen topsail!" Hardy wurde gerettet und die *Minerve* entkam.

169

Wenig später war die Gig erreicht. Henry du Valle ließ die Segel backstellen und die Gig schor heran. Die Rudergasten kamen eilig an Bord, derweil befestigte Charlie Starr die Taljen an der Gig. Während die Gig mit Hilfe der Großrah an Bord gehievt wurde, nahm die *Mermaid* schon wieder Fahrt auf. Die ganze Aktion hatte weniger als eine Minute gedauert, doch die *Juno* war inzwischen deutlich näher gekommen.

Henry du Valle sah, wie am Bug der *Juno* eine Rauchwolke aufstieg, dann war ein Kanonenschuss zu hören und eine Kugel landete, eine hohe Wasserfontäne aufwerfend, kurz hinter dem Heck der *Mermaid* in deren Kielwasser. „Das können wir auch", sagte Henry du Valle zum Master und befahl dann: „Mr. Potter soll unsere Heckkanone vorbereiten."

Die *Juno* feuerte erneut, diesmal mit größter Erhöhung. Die Kugel schlug in die Heckreling ein und zerstörte die dort befindliche Hecklaterne. Glücklicherweise blieben alle auf dem Achterdeck von den herumschwirrenden Holzsplittern verschont. Momentan schienen beide Schiffe mit gleicher Geschwindigkeit zu segeln. Das würde sich ändern, sobald sich die Gig an ihrem Platz befand und das Großsegel wieder gesetzt werden konnte.

„Sir, die Kanone ist feuerbereit", meldete Mr. Potter. „Sehr gut, Mr. Potter, machen Sie weiter", antwortete Henry. Der Geschützmeister zielte sorgfältig und feuerte die Kanone ab. Der laute Knall unter Henrys Füßen ließ die Planken des Achterdecks erzittern. Gespannt verfolgte er die Flugbahn der Kanonenkugel. Die Kugel schlug genau in der Gallionsfigur der Juno ein, musste aber vorher noch ein Tau zerrissen haben, denn der Außenklüver der Juno flatterte lose im Wind.

In diesem Moment wurde das Großsegel gesetzt und die *Mermaid* zog ihrer Verfolgerin deutlich sichtbar davon. Ein erneuter Schuss von der *Juno* landete weit hinter der Sloop im Meer. Für Mr. Potter machte es keinen Sinn, den Achtpfünder noch einmal abzufeuern, aber solange die Juno noch in Sicht war, blieb er feuerbereit.

Obwohl die *Mermaid* deutlich schneller war, gab die *Juno* nicht auf. Offenbar hoffte man, dass eine brechende Spiere oder ein reißendes Segel die *Mermaid* langsamer machen könnte. So wurde die *Juno* vom Achterdeck der *Mermaid* aus gesehen zwar immer kleiner, doch sie blieb ihr geduldiger Verfolger.

Die *Mermaid* segelte fast genau auf Westkurs und stand nach Henrys Schätzung auf der Höhe von Alexandria. Wollte die *Juno* die Hafenstadt anlaufen, müsste sie in den nächsten zwei Stunden nach Süden abdrehen. Momentan deutete jedoch nichts darauf hin. Der Kommandant der *Juno* hatte offenbar Zeit und war ein geduldiger Jäger.

Henry beschloss, ebenfalls geduldig zu sein. Deshalb wollte er die Entscheidung der Franzosen vorerst abwarten. Sie wussten ebenso gut wie er selbst, dass er spätestens bei Sonnenuntergang den Kurs wechseln musste, um nicht in die Untiefen vor der libyschen Küste zu geraten. Zweifellos würde der französische Kommandant erwarten, dass die *Mermaid* dann nach Norden aufkreuzen müsste. Henry versuchte, sich in die Gedanken seines Gegenspielers zu versetzen. Was würde er an seiner Stelle tun?

Gemeinsam mit Mr. Ellis nahm sich Henry nochmals die Seekarte vor. Er zeichnete den voraussichtlichen Kurs der *Mermaid* und der *Juno* ein. Nachdem er auch den nächtlichen Kurs der *Mermaid* vorgetragen hatte, kam ihm eine Idee, die er sofort überprüfen wollte.

Henry du Valle nahm sein Fernrohr und enterte zur Besanbramsaling auf. Hier hatte er freien Blick auf ihre Verfolgerin. Tatsächlich, er hatte sich nicht geirrt. Der französische Kommandant war ein Schlitzohr. Ganz unauffällig ließ er die *Juno* nach Norden anluven und kam so in eine Position, aus der er der *Mermaid* den Weg abschneiden konnte. Bei Sonnenaufgang hätte das eine böse Überraschung gegeben. Grimmig lächelnd entwickelte Henry seinen Gegenzug. Er würde das Spiel scheinbar mitspielen.

Bevor die kurze Dämmerung einsetzte, begann die *Mermaid*, erwartungsgemäß nach Norden zu kreuzen. Von seinem Aussichtspunkt sah Henry, dass es die *Juno* ihnen scheinbar gleichtat. Dann ging die Sonne als rotglühender Feuerball im Westen unter und es wurde schlagartig dunkel, da am Nachthimmel nur eine sehr kleine, zunehmende Mondsichel stand. Alle Lichter an Bord waren gelöscht. Von der *Juno* war auch durch das Nachtglas nichts mehr zu sehen, da man auch dort nicht gesehen werden wollte.

Nun ließ Henry die *Mermaid* auf Ostkurs gehen. Falls die Franzosen ihren Plan weiterverfolgten, würde man die *Juno* in sicherer Entfernung passieren. Wenn sie etwas ahnten, konnte es ein heißer Tanz in völliger Dunkelheit werden. Vorsorglich hatte Henry die Backbordbatterie besetzen lassen. Die Männer mit der besten Nachtsicht hielten auf den Masten und am Bug Ausschau.

„Ich glaube, wir haben es geschafft, Sir", murmelte Mr. Ellis leise. Henry gab nur ein zustimmendes Grunzen von sich. Innerlich gab er dem Master zwar Recht, doch aus Aberglauben wollte er das nicht laut aussprechen. Ob der Plan tatsächlich aufgegangen war, würde erst der Morgen zeigen.

37

Die aufgehende Sonne beschien einen leeren Horizont. Irgendwo im Nordwesten würde der französische Kommandant jetzt erkennen, dass er ausgetrickst worden war. Henry hatte die ganze Nacht an Deck verbracht. Kurz vor Sonnenaufgang war er aufgeentert und hatte Ausschau gehalten. Dann kamen die Erleichterung und die Müdigkeit.

Er begab sich in seine Kajüte und streckte sich auf der Rückbank vor der Fensterfront aus. Jeeves kam mit dem Frühstück und hörte seinen Kommandanten laut schnarchen. Also nahm er die gebratenen Sardinen wieder mit und stellte den Kaffee warm.

Nach zwei Stunden wurde Henry von der Tageshitze geweckt. Sofort kam Jeeves mit dem aufgewärmten Frühstück herein. Henry aß mit großem Appetit und sagte kauend: „Jeeves, schicke mir den Master."

Mr. Ellis erschien wenige Minuten später. „Da sind Sie ja, Mr. Ellis", begrüßte ihn Henry, „Können Sie mir auf der Karte unsere Position und die gestrige Position der Transportschiffe zeigen?" Mr. Ellis ließ die Karte kommen und Henry schob sein Frühstück beiseite, damit die Karte auf dem Tisch ausgebreitet werden konnte. „Hier sind wir und hier sind wir gestern auf die Feluken getroffen", zeigte Mr. Ellis, indem er die Positionen mit einem Bleistift markierte. „Können Sie einen Abfangkurs für uns abstecken, um die Feluken doch noch zu erwischen?", fragte Henry. Der Master überlegte und zeichnete dann zunächst den Kurs der Feluken ein. „Im Moment müssten sie ungefähr hier sein", sagte er dann. „Dann müssten sie aber recht langsam gesegelt sein", meinte Henry. „Richtig, Sir, aber ich habe mich daran orientiert, wie schnell, beziehungsweise langsam, sie gestern unterwegs waren. Da uns die *Juno* verjagt hat, werden sie keinen Grund zu größerer Eile haben", antwortete Mr. Ellis. „Was schlagen Sie vor, Mr. Ellis?", fragte Henry. „Wir sollten direkten Kurs auf Haifa nehmen. Dabei haben wir den Wind etwas achterlicher als querab und können bestimmt zehn oder elf Knoten machen. Damit könnten wir vor den Feluken Haifa erreichen. Falls sie Jaffa ansteuern sollten, können wir von Haifa noch schnell genug dorthin kommen, bevor sie ihre Ladungen gelöscht haben", sagte der Master. „Sehr gut, Mr. Ellis, machen Sie weiter", befahl Henry.

Es wurde für Henry und die Mermaids ein Tag unbeschwerten Segelns. Nur ganz selten musste ein Tau neu durchgesetzt oder die Segelfläche optimiert werden. Die *Mermaid* lag den ganzen Tag auf ihrem Steuerbordbug und zog eine schnurrgerade Bahn durch die See. Dabei wurden mit dem Log immer wieder neue Spitzengeschwindigkeiten gemessen, bis ein stolzer Mr. Ellis schließlich „Zwölfeinhalb Knoten, Sir" melden konnte.

Noch vor der Abenddämmerung kam die Küste in Sicht. Henry du Valle enterte auf und starrte gespannt auf den vor ihnen liegenden Hafen. Zunächst waren keine Einzelheiten zu erkennen, denn die Dunsthitze des Tages ließ die Konturen selbst im besten Fernrohr verschwimmen. Die Küste kam immer näher und Henry ließ nach und nach Segel wegnehmen, um die Ankunft der *Mermaid* nicht zu früh zu verraten. Doch sehr bald wurde klar: Die Reede von Haifa war leer.

Sofort wurde Kurs auf Jaffa genommen. Die *Mermaid* segelte entlang der Küste, als eine Meile südlich von Haifa ein Reiter in der landesüblichen Beduinentracht in Sicht kam. Durch das Fernrohr hatte Henry den Eindruck, der Reiter versuchte, sich bemerkbar zu machen. Da es sich jedoch auch um eine Falle handeln konnte, ließ Henry das unbeachtet.

Dann wurde es dunkel und der Reiter war nicht mehr zu sehen. Dafür meldete Mr. Nutton: „Sir, ich glaube, uns wird von Land aus signalisiert." Tatsächlich, am Ufer war das Blinken einer Laterne zu sehen. „Können Sie ein Muster erkennen?", fragte Henry. Der Midshipman zögerte ein wenig und sagte dann: „Ich glaube ja, Sir. Er blinkt einmal und macht eine kurze Pause, dann blinkt er wieder einmal. Es folgt eine längere Pause, dann blinkt er erneut einmal und nach kurzer Pause dreimal. Das Ganze wiederholt sich immer wieder." Henry überlegte. In Sir Sidney Smiths Geschwader hatte die *Tigre* die Kennung 11 und die *Mermaid* die 13. Konnte es sein, dass der Reiter eine Nachricht des Kommodores zu überbringen hatte? Ganz abwegig war der Gedanke nicht, denn immerhin unterhielt Sir Sidney Smith enge Beziehungen zu den lokalen Stämmen.

175

„Mr. Nutton, lassen Sie meine Gig aussetzen", befahl er. Auch auf die Gefahr hin, in einen Hinterhalt zu geraten, wollte Henry in Erfahrung bringen, was es mit dem Signal auf sich hatte. Dieser Gefahr wollte er keinen seiner Männer aussetzen, weshalb er selbst ging.

Vorsichtig näherte sich die Gig dem Ufer. Ungefähr zwanzig Meter vom Strand entfernt ließ Henry die Gig beidrehen. Vorsichtig stieg er ins Wasser, das ihm hier bis zum Bauchnabel reichte. Charlie Starr wollte ihm folgen, doch Henry lehnte ab. „Nein, Charlie, falls etwas passiert, musst Du die Gig sicher zurück zur *Mermaid* bringen", sagte er. Dann watete er zum Ufer. Das Signal wurde noch immer gegeben. So konnte sich Henry gut orientieren, als er das Ufer erreichte.

An dieser Stelle war der Strand steinig, was das Passieren erschwerte, denn immer wieder knickte Henry dadurch um. Schließlich hatte er sich dem Signal so weit genähert, dass er das Klicken einer Blendlaterne vernahm. „*Mermaid*", flüstere er leise. Das Signal erlosch. Dann hörte er ein leises „*Tigre*".

Vor ihm stand Leutnant John Wesley Wright, in der Henry bereits bekannten Verkleidung. „Verdammt, John, was treibst Du hier, solltest Du nicht in Deiner Koje liegen?", fragte Henry du Valle. „Ich hatte ein dringendes Treffen mit einem unserer Verbündeten bei Jaffa und war auf dem Rückweg, als ich die *Mermaid* sah. Also ritt ich zurück, um Dich zu warnen", antwortete Leutnant Wright. „Warnen? Wovor?", wollte Henry wissen.

„Ich vermute, Du verfolgst zwei Feluken", sagte Leutnant Wright. „Das stimmt", bestätigte Henry. „Nun, sie trafen

176

heute Mittag vor Haifa ein, als von Westen ein größeres Geschwader in Sicht kam. Zunächst brachen die Franzosen in Jubel aus, weil sie glaubten, endlich Nachschub aus Frankreich zu bekommen, doch dann entpuppte sich das Geschwader als türkisch. Offenbar war ihre Ansteuerung nicht sonderlich genau. Jedenfalls ergriffen die Feluken die Flucht nach Süden", berichtete der Leutnant. „Aber welche Gefahr droht mir?", hakte Henry nach. „Die Feluken haben Jaffa erreicht und dort liegen zwei schwere Fregatten vor Anker", antwortete Wright. „Was wollen die Fregatten dort? Sollen sie den Hafen beschützen?", fragte Henry. Leutnant Wright schüttelte den Kopf und sagte: „Nein, sie entladen einige ihrer Kanonen, wahrscheinlich wollen die Franzosen ihre Belagerungsartillerie vor Akkon damit verstärken." „Dann liegen sie wahrscheinlich in Ufernähe vor Anker", vermutete Henry, „Kannst Du mir die Lage der Schiffe vor Jaffa skizzieren?"

John Wesley Wright nickte und führte Henry an eine Stelle, wo der Boden sandig war. Hier skizzierte er im Schein der Laterne den kleinen Hafen von Jaffa, der von einem langgestreckten Felsenriff geschützt wurde. Nördlich davon, relativ dicht unter der Küste zeichnete Leutnant Wright die beiden Fregatten ein, während die beiden Feluken südlich des Hafens im Schutz einer Küstenbatterie lagen. Wie Jaffa selbst befand sich auch die Batterie auf einem Hügel, was die Reichweite ihrer Kanonen vergrößerte.

Henry sah sich die Skizze an und dachte darüber nach, wie er trotz der ungünstigen Voraussetzungen in den Besitz der beiden Transportschiffe kommen konnte. „Wie stark ist die Küstenbatterie?", fragte er. „Vier Achtzehnpfünder, alle bei der Eroberung der Stadt erbeutet, aber in gutem

Zustand und von französischen Artilleristen bedient", antwortete der Leutnant. „Das heißt, wenn uns die Franzosen entdecken, haben wir praktisch keine Chance. Sie können uns unter Feuer nehmen, ohne dass wir uns mit unseren Karronaden zur Wehr setzen können. Zugleich würde das die beiden Fregatten alarmieren, die uns entweder den Rest geben, oder uns zumindest den Fluchtweg nach Akkon abschneiden könnten", sagte Henry. John Wesley Wright fragte ungläubig: „Und trotzdem denkst Du darüber nach, Dir die beiden Feluken zu schnappen?" Henry antwortete lachend: „Genau diese Einstellung haben wir doch von Sir Sidney Smith auf der guten alten *Diamond* gelernt." Nun lachte auch Leutnant Wright, musste aber zugleich daran denken, wie er bei solch einer Gelegenheit mit dem Kommodore in französische Gefangenschaft geraten war. „Ja, ich denke darüber nach und ich glaube, eine Lösung für das Problem gefunden zu haben", antwortete Henry nun wieder ernsthaft.

Henry bot seinem Freund an, ihn auf die *Mermaid* zu begleiten, doch er lehnte ab. Das von ihm genutzte Pferd gehörte einem befreundeten Beduinenscheich, der es auf jeden Fall zurückbekommen wollte. So kehrte Henry du Valle allein an den Strand zurück. Er entdeckte seine Gig sofort, denn Charlie Starr hatte sie so dicht wie möglich an das Ufer gebracht, um seinem Kommandanten eine rasche Flucht zu ermöglichen. Im ersten Moment ärgerte sich Henry darüber, dass sein Befehl, in sicherer Entfernung zu warten, nicht ausgeführt worden war. Bei näherer Überlegung wurde ihm aber klar, dass sein Bootssteurer ganz genau wusste, was er tat und in diesem Fall in Henrys Interesse gehandelt hatte.

„Zurück zur *Mermaid*", befahl Henry laut und sagte dann etwas leiser: „Danke Charlie."

Zurück an Bord seines Schiffes sprach Henry den Signalfähnrich an: „Sehen Sie, Mr. Nutton, das ist doch gar nicht so schwer mit den Signalen, oder? Gut gemacht." Verdattert konnte der junge Midshipman nur noch ein „Äh…danke Sir," stammeln.

38

Henry du Valles Plan sah einen Bootsangriff auf die beiden Feluken vor. Dieser sollte schnell und leise, sowie auf beide Schiffe gleichzeitig erfolgen. Es waren also zwei Boote notwendig. In einem Boot würde er selbst den Angriff anführen, aber wer sollte das zweite Boot kommandieren? Normalerweise wäre diese Aufgabe Joseph Townsend zugefallen, der ja nun leider nicht zur Verfügung stand. Einmal mehr vermisste Henry seinen Freund, dem es in Akkon hoffentlich gut ging.

Henry ging alle in Frage kommenden Männer durch. Mr. Ellis schied aus, denn der Master musste die *Mermaid* während der Aktion kommandieren. Mr. Lewis konnte nicht schwimmen, fiel also ebenfalls aus und Mr. Nutton erschien Henry einfach noch nicht bereit für solch eine Aufgabe. Von den an Bord befindlichen Männern traute Henry eigentlich nur seinem Bootssteurer zu, einen Enterangriff anzuführen.

„Starr soll zu mir kommen", befahl Henry seinem Steward. Jeeves schlurfte sofort los. Er fand Charlie Starr am

Schleifstein, wo er sein Entermesser schärfte. „Du sollst zum Captain kommen", sagte Jeeves, „Bestimmt kriegst Du wegen Deiner Eigenmächtigkeit Ärger." Charlie Starr zuckte nur mit den Schultern und machte sich auf den Weg.

„Sie wollten mich sprechen, Sir?", fragte er. Henry nickte und sagte: „Nimm bitte Platz." Dann rief er: „Jeeves bring uns eine Flasche von dem guten Rum und zwei Gläser. Beide Männer setzen sich an den Tisch in der Tageskajüte, auf dem eine Karte der Küste um Jaffa ausgebreitet lag.

Jeeves kam mit der gewünschten Flasche und zwei Gläsern. Er stellte die Gläser auf die Karte, schenkte ein und stellte die Flasche zu den Gläsern. Dann verschwand er wieder. Henry und Charlie Starr griffen zu den Gläsern, prosteten sich zu und tranken aus. Dann stellen sie ihre Gläser ab, diesmal aber mehr am Rand der Karte. Henry musterte seinen Bootssteurer. Charlie Starr war ein junger Mann in der Mitte der Zwanziger, etwas untersetzt, aber drahtig. Sein langes rotes Haar hatte er zu einem langen Zopf geflochten. Sein Gesicht wurde von langen Koteletten umrahmt. Er stammte aus dem Süden der ehemaligen Kolonien, die nun die Vereinigten Staaten von Amerika waren.

Obwohl er den Blick seines Kommandanten spürte, blieb Charlie Starr ganz ruhig. Der Captain würde schon früh genug mit der Sprache herausrücken. „Vorhin an Land habe ich Leutnant Wright getroffen", begann Henry, „Er kam aus der Gegend um Jaffa und hat mir berichtet, dass zwei französische Fregatten vor dem Hafen liegen." Charlie Starr blieb stumm, obwohl es recht ungewöhnlich war,

180

dass der Kommandant mit einfachen Besatzungsmitgliedern über seine Pläne sprach und dabei noch seinen besten Rum spendierte. „Unsere Feluken sind auch dort, allerdings etwas weiter südlich, im Schutz einer Küstenbatterie", fuhr Henry fort, „Wir können also nicht mit der Mermaid dorthin segeln." „Sie planen einen Bootsangriff, Sir?", entschloss sich Charlie Starr nun doch zu fragen. „Ja, genau genommen beabsichtige ich, mit zwei Booten anzugreifen. Ein Boot wird unter meinem Kommando stehen und das andere Boot kommandierst Du", antwortete Henry.

Charlie Starr lächelte. Er fühlte sich durch diesen Vertrauensbeweis geschmeichelt. Doch dann verdüsterte sich sein Blick. „Aber wer wird sich um Sie kümmern, Sir? Ihre Frau bringt mich um, wenn Ihnen etwas geschieht und ich nicht in der Nähe war, Sie zu schützen", sagte er. Henry du Valle schmunzelte. Annika hatte seinem Bootssteurer also eingeschärft, ihn zu beschützen. Dann antwortete er: „Mit diesem Risiko musst Du diesmal leben."

39

Im Schutze der Dunkelheit wurden die beiden Kutter, die man bereits in der Dämmerung zu Wasser gelassen hatte, bemannt. Henry kommandierte den roten Kutter und Charlie Starr den blauen. Ein letztes Mal überprüfte Henry du Valle die Peilung und gab sie an seinen Bootssteurer weiter. Dann ruderten sie los.

Der Mond war bereits aufgegangen. Seine Sichel war deutlich größer als in der Vornacht, so dass sich die beiden

Kutter nicht aus den Augen verloren. Die Küste lag trotzdem fast unsichtbar im Dunkel, bis auf ein Wachfeuer, das die Besatzung der Küstenbatterie entzündet hatte.

Zunächst wurde mit ganzer Kraft gerudert, aber nach einer Viertelstunde befahl Henry eine kurze Pause. Danach ging es nur noch ganz vorsichtig weiter. Die Ruderer sollten mit ihren Riemen möglichst kein Geräusch machen. Bis auf wenige Ausnahmen gelang das recht gut. Die vereinzelten Geräusche konnte ein ahnungsloser Lauscher für aus dem Wasser springende Fische halten.

Giorgio, der im Bug Ausschau hielt, kam leise nach hinten. „Sir", sagte er und zeigte nach Steuerbord voraus. Henry kniff angestrengt die Augen zusammen. Tatsächlich, dort waren zwei winzige Lichter zu erkennen. Das mussten die zwei Feluken sein. „Sehr gut", sagte Henry und klopfte Giorgio auf die Schulter. Henry du Valle räusperte sich leise und der blaue Kutter kam längsseits. Er zeigte Charlie Star die beiden Lichter. „Die Feluken scheinen nur eine Ankerwache an Bord zu haben, sonst würden sie mehr Licht machen", mutmaßte dieser. Henry nickte zustimmend. Dann ging er nochmals den Plan durch, so dass alle Männer an Bord der Kutter genau wussten, was zu tun war.

Das Wachfeuer der Küstenbatterie schien langsam herunterzubrennen. Offenbar war dort niemand mehr wach genug, um Feuerholz nachzulegen. Henry konnte das nur recht sein. Die beiden Kutter trennten sich leise und strebten ihren Zielen zu. Henry du Valle steuerte die landseitige Feluke an. Ungefähr eine halbe Kabellänge vor der Feluke drehte der Kutter bei. Vorsichtig glitt Henry du Valle mit acht weiteren Seeleuten ins Wasser. Beim blauen Kutter sollte in diesem Moment dasselbe geschehen. In den Kuttern blieben jeweils zwei Männer zurück.

Mit ruhigen Schwimmbewegungen näherten sich die Enterer der Feluke. Dort schien alles ruhig zu sein. An Bord der Feluke hörte man weder Stimmen, noch waren irgendwelche Bewegungen zu sehen. Ganz leise, dabei kaum atmend, schwammen die Männer vom Heck an der Backbordseite entlang zum Bug. Hier schwoite die Feluke leicht an einem Ankertau.

Henry ergriff das Tau und zog sich hinauf. Er bekam die Bordwand zu fassen, während seine Füße an einem Barkholz Halt fanden. So lugte er über die Bordwand auf das Deck der Feluke. Niemand war an Deck und die kleine Hütte am Heck war durch einen Vorhang verschlossen. Am Mast hing eine Laterne, in der eine Kerze brannte. Falls diese Feluke ebenso wie ihre unglückliche Genossin Schießpulver geladen haben sollte, war das ungeheuer leichtsinnig. Vorsichtig kletterte Henry an Deck und half dann den nachfolgenden Männern hinauf, die sich leise über das Deck verteilten.

Henry schlich zur Hütte, die sich hinter der Ruderpinne befand. Aus der Hütte drang lautes Schnarchen. Auf Henrys Zeichen wurde das Ankertau mit einem Axthieb gekappt und das Segel wurde gesetzt. Schlagartig verstummte das Schnarchen und eine verschlafene Gestalt streckte ihren Kopf aus der Hütte. Henry schlug mit einem hölzernen Belegnagel zu und die Gestalt fiel auf den Boden. Der Mann in französischer Marineuniform wurde sofort gefesselt. Vorsichtig schob Henry den Vorhang zur Seite und schaute in die Hütte. Sie war leer.

Das Segel der Feluke füllte sich und Jenkins, der an der Ruderpinne stand, meldete: „Sir, ich habe Ruder im Schiff." „Sehr gut, gehen Sie auf Kurs West-Süd- West", befahl Henry. Die Feluke legte sich leicht über und Henry hörte das gurgelnde Geräusch des Buges, der sich durch das Wasser schob.

Henry nahm die Laterne und führte mit ihr mehrere kreisende Bewegungen aus, um so den Kuttern zu signalisieren. Schräg vor sich sah er dasselbe Signal. Charlie Starr war also ebenfalls erfolgreich. Die Kutter ließen ihre Blendlaternen kurz aufblitzen und näherten sich dann den Feluken. Der rote Kutter ging bei Henrys Feluke längsseits, die beiden Männer kamen an Bord und das Boot wurde in Schlepp genommen.

Jetzt galt es festzustellen, was die Feluke geladen hatte. Zunächst nahm sich Henry die Schiffspapiere vor. Diese besagten, dass die Feluke vier Feldgeschütze samt ihrer Lafetten geladen hatte. Das war ein wenig enttäuschend, denn Henry hatte auf Schießpulver oder Granaten für die Belagerungsartillerie gehofft. Vielleicht hatten sie ja mit der anderen Feluke mehr Glück. Immerhin fanden sich unter den Schiffspapieren auch die Signalcodes der nächsten zwei Wochen. Kleinere Schiffe hatten so gut wie nie das komplette Codebuch an Bord. Dafür waren sie zu verletzlich.

Die beiden Prisen ließen das Land immer weiter hinter sich. So waren sie für den Moment vor den französischen Fregatten sicher. Nach Sonnenaufgang würden sie dann dem vereinbarten Rendezvous mit der *Mermaid* zustreben.

Nach Mitternacht ließ Henry die Feluken beidrehen. Bis auf die Wache legten sich alle auf das Deck, um ein wenig zu schlafen. Henry machte es sich in der Hütte bequem und schlief sofort ein. Kurz vor Sonnenaufgang wurde er geweckt. Die Feluken dümpelten in der ruhigen See. Im Osten war ein rötliches Band zu sehen, das rasch größer wurde, bis sich schließlich der rote Sonnenball über den Horizont erhob.

Henry ging zur Reling und rief zur anderen Feluke hinüber: „Feluke ahoi, welche Ladung?" „Fünfzig Halbfässer Schießpulver und eine große Menge an Mörsergranaten", antwortete Charlie Starr. Das war der Hauptgewinn, dachte Henry erfreut. Dann befahl er: „Feluke, folgen Sie mir." Charlie Starr hob bestätigend die Hand.

Die Segel wurden wieder gesetzt und die Feluken strebten dem Treffpunkt mit der *Mermaid* zu. Nach zwei Stunden kam sie endlich in Sicht. Henry ging bei ihr an Bord, während Mr. Nutton die Feluke als Prisenkommandant übernahm. Dann nahm der kleine Verband unter Führung der *Mermaid* Kurs auf Akkon.

Gegen Mittag war die Stadt erreicht, vor der die türkische Flotte ankerte, doch was Henry dann sah, ließ ihn den Atem stocken. Die *Theseus* wirkte wie ein schwimmendes Wrack. Ihr Poopdeck war weggerissen, vom Baum des großen Besansegels ragte nur noch ein versengter Stummel über das Achterdeck und Teile der Reling waren weggerissen worden. Um die *Theseus* schwammen versengte Holztrümmer im Wasser. All das erinnerte an die Bilder, die Henry aus der Schlacht bei Aboukir kannte. Was war hier geschehen?

40

„Sir, das Flaggschiff signalisiert, beim Flaggschiff ankern", meldete Mr. Ellis. „Machen Sie weiter, Mr. Ellis", antwortete Henry. Er schaute noch immer geschockt zur *Theseus* hinüber. Kaum lag die *Mermaid* vor Anker, signalisierte die *Tigre* erneut und befahl Henry an Bord des Flaggschiffs. Die beiden Prisen sollten direkt an der alten Kaimauer festmachen und wurden dort dem Zahlmeister der *Tigre* übergeben, der zugleich die Funktion eines Prisenkommissars ausübte. Es war im Geschwader vereinbart worden, dass sämtliche Prisengelder in einen gemeinsamen Topf wanderten, damit die Männer, deren Schiffe ihren Dienst ständig vor Akkon zu erfüllen hatten, nicht benachteiligt wurden.

Kommodore Sir Sidney Smith empfing Henry an der Pforte. „Willkommen zurück, Henry", sagte er, „Leider habe ich schlimme Nachrichten." „Ich habe schon gesehen, die *Theseus*", antwortete Henry. „Ja, die *Theseus*", nickte Sir Sidney Smith bekümmert, „Es gab eine Explosion an Bord. Leider gab es vierzig Tote, darunter Captain Miller. Ich weiß, Sie waren mit ihm befreundet." „Wie konnte das nur passieren?", fragte Henry du Valle. „Sie erinnern sich, Captain Miller sammelte französische Blindgänger. Einer davon muss explodiert sein, was eine Kettenreaktion auslöste", berichtete Sir Sidney Smith. „Und ich habe ihn noch davor gewarnt", sagte Henry verzweifelt.

Die Männer begaben sich in die große Kajüte, wo sie zunächst ein Glas auf ihren gefallenen Kameraden tranken. Dann berichtete Henry von seiner Kaperfahrt. Es mutete beiden wie Hohn an, dass er dabei die dringend benötigten Granaten erbeutet hatte.

Dann berichtete der Kommodore von den Kämpfen der letzten Tage. Die türkischen Entsatztruppen hatten die Situation der Verteidiger stark verbessert. Sir Sidney Smith hatte persönlich einen Ausfall angeführt, der zwar zurückgeschlagen worden war, jedoch den Belagerern zeigte, dass sie nicht mehr die uneingeschränkte Initiative besaßen. Trotzdem war es den Franzosen letztendlich gelungen, den Nordostturm vollständig zu erobern. Zugleich hatten sie beim Garten des Paschas eine weitere Bresche in die Stadtmauer geschlagen, waren dabei jedoch in die noch von Colonel Phélippeaux vorbereitete Falle geraten. Nur wenige der Angreifer hatten entkommen können.

„Wie sich die Lage im Moment darstellt, haben wir eine gute Chance, der Belagerung standzuhalten. Am Ende des Tages kommt es darauf an, wer den längeren Atem hat und ich bin mir sicher, dass wir es sein werden", beendete Sir Sidney Smith seine Ausführungen.

Zum Ende des Gesprächs gab es noch eine versöhnliche Nachricht für Henry. Aufgrund des veränderten Kräfteverhältnisses konnte das gesamte Landkommando bis auf die Marineinfanteristen auf die *Mermaid* zurückkehren. Allerdings sollte Henry ein möglichst großes Arbeitskommando auf die *Theseus* entsenden, damit das Schiff schnellstmöglich wieder einsatzbereit war. Davon abgesehen kündigte Sir Sidney Smith an, dass es kurzfristig neue Befehle für die *Mermaid* geben würde, wobei die erbeuteten Signalcodes von Nutzen sein würden.

Henry kehrte auf die *Mermaid* zurück. Der Tod seines Freundes erschütterte ihn zutiefst. Er ließ sich eine Flasche Rheinwein bringen, setzte sich vor das geschenkte Bild und leerte die Flasche. Allerdings musste er sich dabei eingestehen, dass der Wein seinen Schmerz nicht linderte. Viel zu viele Todesopfer hatte diese Belagerung bereits gekostet und jeder neue Verlust schien schwerer zu wiegen.

„Mr. Townsend, Sir", meldete Jeeves, der wegen der Abwesenheit der Marineinfanteristen den Zugang zum Kommandanten regelte. „Soll reinkommen", antwortete Henry du Valle und sprang auf. Joseph Townsend kam staubig und müde, aber mit einem Lächeln in die Kajüte. „Schön, Dich wieder an Bord zu haben", sagte Henry und umarmte ihn. Wenigstens um seinen besten Freund musste er sich nun keine Sorgen mehr machen. „Ich bin auch froh, endlich wieder Planken unter den Füßen zu haben. Im nächsten Hafen werde ich wahrscheinlich nur wenn es der Dienst erfordert an Land gehen", antwortete Joseph Townsend.

Henry du Valle ließ ein zweites Glas kommen und schenkte seinem Freund ein. Dann berichteten sich die Freunde von ihren Erlebnissen. Joseph Townsend bestätigte den Eindruck des Kommodores, dass sich die Verteidigung der Stadt durch das Eintreffen der türkischen Truppen stabilisiert hatte. „Das sind wirklich ganz ausgezeichnete Soldaten. Sie sind gut ausgebildet, gut ausgerüstet und werden von kompetenten Offizieren angeführt. Kein Vergleich zu den Söldnern des Paschas, die man leicht mit einer Räuberbande verwechseln kann", berichtete er.

188

Als die Flasche geleert war, erhob sich Joseph Townsend und sagte: „Bitte entschuldige mich jetzt. Ich sehne mich nach frischer Kleidung und einem Sprung ins Wasser." „Dann lass auch die achterne Deckspumpe besetzen, damit sich auch die Nichtschwimmer aus dem Landkommando den Staub von Akkon abwaschen können", antwortete Henry.

Die Rückkehr seines Freundes hatte Henry ein wenig von seiner Trübsal genommen. Jetzt hoffte er, dass diese unselige Belagerung endlich ein Ende finden könnte. Aber es gab noch eine weitere Sache, die ihn belastete. Seit der Abfahrt aus England hatte die *Mermaid* keine Post erhalten. Niemand an Bord wusste, wie seinen Lieben zu Hause ging. Auch Henry stellte sich diese Frage fast täglich. Sir Sidney Smith sandte zwar regelmäßige Berichte zu Lord Nelson nach Palermo, doch die Antworten von dort fielen spärlich aus und Post hatte es bisher nur für die beiden Linienschiffe gegeben.

Am Abend war Henry du Valle in die Offiziersmesse eingeladen, in der immer noch Doktor Harris fehlte, der nach wie vor im Lazarett von Akkon seinen Dienst tat. Auch hier machte sich die neue Zuversicht auf ein baldiges Ende des Kampes um Akkon bemerkbar, so dass Henry einen unbeschwerten Abend verbringen konnte.

41

Henry du Valle erwachte kurz nach Sonnenaufgang. Er fühlte sich erfrischt und zuversichtlich. So kam er auch in bester Stimmung an Deck, wo Mr. Nutton die Wache hatte. „Alles ruhig, Sir, Dienst verläuft nach Plan, keine Meldungen vom Flaggschiff", meldete er Henry. „Danke, Mr. Nutton, machen Sie weiter", antwortete Henry. Dann fiel sein Blick auf die *Theseus*, was ihm wieder einen Stich ins Herz gab.

Er ging wieder unter Deck, wo ihn ein reichhaltiges Frühstück erwartete. Auch wenn es hier im Hafen immer frische Lebensmittel gab, auf Schinken oder Speck durfte man hier nicht hoffen, denn Akkon war eine islamische Stadt und Schweinefleisch war hier verpönt. Das ewige Hammelfleisch hing Henry langsam zum Halse raus. Trotzdem hellte sich seine Stimmung mit jedem Bissen wieder auf, zumal es hier auch ganz hervorragenden Kaffee gab.

Mr. Walters kam unter Deck und meldete: „Ein Boot von der *Tigre* hält auf uns zu. Mr. Nutton meint, Mr. Keith wäre an Bord." Mr. Keith war der Sekretär des Kommodore. Henry bemerkte den sehnsüchtigen Blick des Midshipman auf sein Frühstück und sagte: „Mögen Sie Hammelkotelett? Immer bedienen Sie sich." Das ließ sich Mr. Walters nicht zweimal sagen. Er griff sich eine Handvoll, salutierte mit der falschen Hand und verließ die Kajüte.

Wenig später meldete Jeeves: „Mr. Keith für Sie, Sir." „Ich lasse bitten", antwortete Henry. Er erhob sich, um den Sekretär zu begrüßen. „Nun, Mr. Keith, was führt Sie zu mir?", fragte Henry du Valle. „Ich bringe Befehle von Sir Sidney", antwortete Mr. Keith und überreichte einen Umschlag. Henry nahm den Umschlag entgegen und sagte: „Bitte nehmen Sie Platz, Mr. Keith. Möchten Sie mir beim Frühstück Gesellschaft leisten?" „Danke Sir, aber ich habe bereits gegessen. Zu einem Kaffee sage ich aber nicht nein", entgegnete Mr. Keith.

Henry ließ eine Tasse kommen. Jeeves servierte dazu noch einen kleinen Teller mit dem typischen orientalischen Gebäck. Mr. Keith bedankte sich und trank seinen Kaffee. „Sie entschuldigen mich kurz", sagte Henry du Valle und öffnete den Umschlag. Er enthielt zwei Schreiben. Das erste Schreiben war der Befehl zur Abstellung des Schiffszimmermanns und einer Arbeitsgang auf die *Tigre*. Tatsächlich hatte Mr. Stuart bereits gestern auf der *Tigre* geholfen und war nur über Nacht kurz auf die *Mermaid* zurückgekehrt, um heute in aller Frühe wieder auf der *Tigre* zu helfen, aber die Bürokratie der Royal Navy verlangte halt, dass Alles auch in Schriftform seine Ordnung hatte.

Das zweite Schreiben war der Befehl, im Begleitung der *Marie-Rose* zwischen Akkon und Alexandria zu patrouillieren, um den französischen Nachschub zu stören. Das war ein Befehl ganz nach Henrys Geschmack, auch wenn Sir Sidney Smith eine Rückkehr nach vier bis fünf Tagen wünschte. Offenbar war sich der Kommodore doch nicht so ganz sicher, ob er die Männer der *Mermaid* nicht doch wieder für die Verteidigung Akkons benötigen würde. Zunächst zählte jedoch, wieder unabhängig operieren zu können.

Nach einem kurzen Smalltalk verabschiedete sich Mr. Keith wieder, denn er hatte auch noch Leutnant Larkin seine Befehle zu überbringen. Kaum hatte das Boot des Sekretärs abgelegt, rief Henry du Valle seinen Freund, Leutnant Townsend, zu sich. „Joseph, Sir Sidney schickt uns auf einen kleinen Turn in Richtung Alexandria. Mr.

191

Larkin wird uns mit seiner Tartane begleiten", berichtete er. Joseph Townsend war hocherfreut. Seit er Ende März mit der *Mermaid* den Frühjahrssturm abgewettert hatte, war er ununterbrochen in Akkon gewesen und hatte an Land gekämpft. Inzwischen war es Mitte Mai.

Henry hatte den Wachhabenden beauftragt, die *Marie-Rose* im Auge zu behalten und ihm zu melden, sobald Mr. Keith die Tartane verlassen hatte. Schließlich kam Mr. Riker unter Deck und meldete: „Empfehlungen von Mr. Lewis, Sir, der Sekretär hat die *Marie-Rose* verlassen." „Danken Sie Mr. Lewis und bitten Sie ihn, der *Marie-Rose* zu signalisieren, dass Captain Larkin zu mir an Bord kommen soll", antwortete Henry du Valle. Der Kadett salutierte und lief zurück an Deck. Wenig später kehrte er mit der Meldung zurück: „Sir, ein Boot legt von der *Marie-Rose* ab."

Henry zog seinen besten Uniformrock an und ging an Deck. Soeben preite Mr. Lewis die kleine Jolle an: „Boot ahoi!" „Marie-Rose", antwortete der Bootssteurer, womit er anzeigte, dass sich der Kommandant an Bord der Jolle befand. Natürlich wurde Leutnant Larkin mit allen Ehren empfangen. Zwar fehlten die Seesoldaten, die ja noch immer an Land kämpften, doch immerhin hatten die jungen Gentlemen Aufstellung genommen und die Bootsmanns-maate pfiffen Seite.

„Willkommen an Bord, Captain Larkin", begrüßte Henry seinen ehemaligen Steuermannsmaat, der sich ein breites Grinsen nicht verkneifen konnte. Henry geleitete seinen Gast unter Deck, wo Leutnant Townsend und Mr. Ellis bereits warteten. Auf dem großen Tisch in der Arbeitskajüte war eine Karte der Küste zwischen Tripolis und Alexandria ausgebreitet.

„Unser Befehle sehen vor, dass wir Kurs auf Alexandria nehmen, in den dortigen Hafen schauen und nach Akkon zurückkehren", begann Henry seine Ausführungen. „Dabei sind wir angehalten, den Nachschub für die französische Syrienarmee zu stören und feindliche Transportschiffe nach Möglichkeit aufzubringen. Ich beabsichtige, mit der *Mermaid* außerhalb der Sichtweite der Küste zu bleiben, während Sie, Captain Larkin, näher an der Küste, aber in Sichtweite der *Mermaid* segeln werden. Sobald feindliche Kriegsschiffe in Sicht kommen, zeigen Sie die französischen Farben und nutzen im Notfall den französischen Code. Das wird für uns zugleich das Signal sein, uns der Küste zu nähern. Bei überlegenen Kräften versuchen Sie, sich mit Hilfe Ihrer Tarnung in Sicherheit zu bringen, bei feindlichen Transportschiffen und anderen legitimen Prisen schneiden Sie diesen den Weg zur Küste ab. Gibt es Fragen?"

Es gab keine Fragen. Mr. Townsend und Mr. Ellis empfahlen sich, um das Auslaufen vorzubereiten, während Henry Mr. Larkin noch auf den traditionellen Drink einlud. Bei dieser Gelegenheit fragte Henry seinen ehemaligen Steuermannsmaat, wie ihm das eigene Kommando gefalle. „Ich genieße jeden einzelnen Tag", antwortete dieser. „Und haben Sie inzwischen auch die Schattenseiten eines eigenen Kommandos kennengelernt?", fragte Henry nach. „Ich glaube, Sie spielen auf die Einsamkeit des Kommandanten an. Ja, die habe ich auch kennengelernt", antwortete Larkin.

42

Kurz vor der Mittagszeit gingen *Mermaid* und *Marie-Rose* ankerauf und segelten südwärts. Anerkennend stellte Henry du Valle fest, das Mr. Larkin seine Tartane gut im Griff hatte. Allerdings hatte ihm Henry auch ein paar gute Maate überlassen. Trotzdem kam es letztendlich immer auf die Fähigkeiten des Kommandanten an.

Damit es bei der Kommunikation zwischen *Marie-Rose* und *Mermaid* keine Zeitverluste gab, befand sich der diensthabende Signalfähnrich ständig auf der Großbramsaling. Von dort aus war die *Marie-Rose* immer in Sicht und ihre Flaggensignale konnten unmittelbar abgelesen werden. Da es sich bei dem Signalfähnrich um Mr. Nutton handelte, war sich Henry sehr sicher, dass auch kein einziger Wimpel, der auf der Tartane auswehte, übersehen werden würde.

Haifa war schnell erreicht. Wieder war der Hafen bis auf einige Fischerboote leer und Henry setzte seine Hoffnung auf etwaige Prisen nun auf Jaffa. Die nördliche Reede von Jaffa lag ebenfalls verlassen da. Die beiden Fregatten hatten offenbar ihre Fracht gelöscht. Auf der südlichen Reede lag ein Polacker im Schutz der Küstenbatterie vor Anker, wie die *Marie-Rose* signalisierte. Zwar weckte dieser Henrys Begehrlichkeit, doch bei Tageslicht hatten sie hier keine Chance und der knappe Zeitplan erlaubte es nicht, bis zum Einbruch der Dunkelheit vor Jaffa liegen zu bleiben.

Südlich von Jaffa meldete die *Marie-Rose* eine Schebecke unter französischer Flagge. Leutnant Larkin ließ das französische Geheimsignal setzen, das von der Schebecke auch korrekt beantwortet wurde. Dennoch schien der Kommandant der Schebecke damit nicht ganz zufrieden zu sein, denn er ließ den Kurs ändern und sein Schiff auf die *Marie-Rose* zuhalten.

Henry erkannte die potentielle Gefahr für die Marie-Rose und ließ die *Mermaid* Kurs auf die Schebecke nehmen. Zugleich wurde Gefechtsbereitschaft befohlen, ohne jedoch die Enternetze und die Sicherungsketten für die Rahen anzubringen. Ein misstrauischer Kommandant hätte davon alarmiert werden können. Auch die *Mermaid* fuhr unter den französischen Farben. Henry hoffte, diese Täuschung so lange aufrechterhalten zu können, bis er die Schebecke sicher hatte.

Als die *Mermaid* von der Schebecke gesichtet wurde, ließ diese von der *Marie-Rose* ab und wandte sich der *Mermaid* zu. Henry ließ das französische Erkennungssignal setzen, aber offenbar erkannte jemand an Bord der Schebecke die *Mermaid*. Die Schebecke drehte bei und feuerte eine Breitseite ab. Sie war hoch gezielt und rasierte die Fockbramstenge der *Mermaid* ab, die von oben herunterkam. Auf der Back wurden mehrere Seeleute von den Trümmern verletzt.

Die *Mermaid* antwortete mit dem Backbordjagdgeschütz. Die Kugel schlug in die Reling der Schebecke ein. Für eine komplette Breitseite musste die *Mermaid* der Schebecke noch etwas näherkommen. Henry rechnete damit, dass die Franzosen zuvor noch eine weitere Breitseite abfeuern könnten.

„Fertigmachen zum Kurswechsel, wir gehen auf den anderen Bug", befahl er deshalb. Kurz darauf meldete der

Bootsmann durch Handzeichen, dass alles bereit war. Gleich würde die Schebecke erneut feuern. „Ruder ein Strich Backbord!", rief Henry. „Ruder ein Strich Backbord liegt an"; bestätigte Randi Neals. Die Mermaid legte sich auf den anderen Bug, die Rahsegel wurden neu getrimmt, die Besanrah schwang herum und wurde festgemacht.

Jetzt feuerte die Schebecke ihre zweite Breitseite ab. Die Kugeln schlugen dort in die See ein, wo sich die *Mermaid* soeben noch befunden hatte. Henry atmete erleichtert aus. Das war knapp.

Die Kurskorrektur hatte nicht nur dafür gesorgt, dass die Breitseite der Schebecke fehlging, zugleich befand sich die *Mermaid* nun auf einem Abfangkurs. Sobald sich die Schebecke in Schussweite der Karronaden befand, würde sie die Feuerkraft der *Mermaid* zu spüren bekommen. Ungeduldig beobachtete Henry die Annäherung der beiden Schiffe. Gleich war es soweit.

„Achtung, Steuerbordbatterie!", rief er, „Feuer!" Die acht Zweiunddreißigpfünder-Karronaden und der lange Sechspfünder, das Steuerbordjagdgeschütz, bellten laut auf und schleuderten ihre tödliche Ladung auf die Schebecke. Fast alle Kugeln fanden ihr Ziel. Die Reling der Schebecke wurde fast komplett weggerissen, Kanonen umgestürzt und die Holzsplitter der Reling fanden an Deck ihre Opfer. Selbst auf der *Mermaid* konnte man die lauten Schmerzensschreie hören.

„Schnell nachladen!", befahl Henry. Eigentlich war das ein überflüssiger Befehl, denn er sah, wie die Kanoniere an ihren Geschützen schufteten. Doch sie waren nicht schnell genug. Der Kommandant der Schebecke hatte, mit der unerwarteten Feuerkraft der Sloop konfrontiert, genug. Er ließ die Schebecke in den Wind drehen, die Segel einholen und die Riemen ausbringen. Gegen den Wind gerudert brachte sich die Schebecke rasch in Sicherheit. Die zweite Breitseite der *Mermaid* verpuffte fast wirkungslos. Nur die Jagdkanone traf ihr Ziel und riss der Schebecke das Dach der Kommandantenhütte weg.

Henry du Valle ließ die *Mermaid* beidrehen. Die *Marie-Rose* kam längsseits. „Kann ich Ihnen mit meinem Zimmermann aushelfen, Sir?", fragte Leutnant Larkin. Der wäre mir hochwillkommen", antwortete Henry du Valle. Er hatte nur einen Zimmermannsmaat an Bord, weil der Rest der Zimmerleute in Akkon zurückgeblieben waren. „Konnten Sie den Namen der Schebecke erkennen?", fragte Henry noch. „*Fleur de Révolution*", antwortete Larkin. „Äußerst poetisch", sagte Henry sarkastisch.

Nach einer kurzen Untersuchung der abgestürzten Bramstenge kam der Zimmermannsmaat zu Henry du Valle. „Sir, wir können die alte Bramstenge wiederverwenden. Sie muss nur unten um zirka zehn Zoll verkürzt werden und wir brauchen ein neues Eselshaupt", meldete Mr. Price. Henry war erleichtert, denn in der Holzlast der *Mermaid* fand sich keine passende Stenge mehr. Die letzte Stenge dieser Größe war an die *Theseus* übergeben worden. „Machen Sie weiter, Mr. Price", antwortete er.

Natürlich konnte die *Mermaid* nicht für die Reparatur vor der feindlichen Küste liegenbleiben. Die Gefahr, dass hier weitere Feindschiffe auftauchten, war einfach zu groß. Es war auch nicht notwendig, denn auch ohne die Bramstenge

war die *Mermaid* manövrierfähig. Henry befahl, wieder auf
den alten Kurs zu gehen, während sich die beiden Zimmerleute mit der Bootsmannsgang um die Reparatur küm-
merten.

43

In der Morgendämmerung des folgenden Tages erreichten
die beiden Schiffe die Bucht von Aboukir. Bei seiner letzten Ankunft vor ungefähr zehn Monaten war die Bucht
mit den Schiffen der französischen Flotte gefüllt gewesen
und wurde innerhalb einer Nacht von Admiral Nelson und
seinem Geschwader vernichtend geschlagen. Heute war
die Bucht verlassen. Lediglich vor dem Fort Aboukir, über
dem die französische Flagge wehte, dümpelte ein kleines
Kanonenboot, für das die berüchtigten Untiefen am
Rande der Bucht keine Bedrohung darstellten.

Sobald die Bucht passiert war, ging die *Mermaid* wieder auf
größeren Abstand zur Küste und auch die *Marie-Rose* blieb
nur noch ganz knapp in Sichtweite der Küste. Gegen Mittag erreichten sie Alexandria. Hier näherte sich die *Marie-
Rose* dem Hafen so weit, dass man erkennen konnte, welche Schiffe dort lagen. Allerdings war der Hafen bis auf
eine Bark und einige kleinere Schiffe leer. Eigentlich hatte
Henry damit gerechnet, die beiden französischen Fregatten hier vorzufinden. Nun blieb für ihn nur die Vermutung, dass sie von Jaffa aus Kurs auf Malta oder einen von
Frankreich kontrollieren italienischen Hafen genommen
hatten. Möglicherweise waren die Vorräte in Alexandria erschöpft.

Die beiden Schiffe drehten nun nach Westen ab. Vielleicht fand sich ja in der Ansteuerung von Alexandria eine lohnende Prise. Dabei waren beide Schiffe gezwungen, gegen den Westwind aufzukreuzen. Schließlich meldete Giorgio von der Fockbramsaling: „Capitano, Schiff in Sicht." „Welche Peilung?", wollte Henry du Valle wissen und griff sofort nach seinem Fernrohr. „Proprio di fronte…da", antwortete Giorgio und deutete mit seinem rechten Arm direkt voraus.

Ein Entgegenkommer? Das musste sich Henry du Valle selbst anschauen. Er lief nach vorn zum Fockmast und enterte auf. Dabei stellte er fest, dass er ein wenig kurzatmig war. Die permanente Versorgung mit frischen Lebensmitteln hatte ihn wohl ein klein wenig Speck ansetzen lassen. „Und dann auch noch Hammelspeck!", grunzte Henry keuchend. Zugleich fiel ihm ein, dass er seine täglichen Runden auf dem Achterdeck in letzter Zeit vernachlässigt hatte.

Endlich war die Saling erreicht. Giorgio machte etwas Platz und Henry visierte die Segelpyramide an, die direkt voraus immer näherkam. Das war ein großes Schiff, ein Zweidecker. Handelte es sich um eines der französischen Schiffe, die bei Aboukir entkommen waren? „Inglesi", murmelte Giorgio. Henry schaute genauer hin. Ja, der Schnitt der Segel war eindeutig englisch.

Henry enterte wieder ab. An Deck befahl er: „Leutnant Townsend, lassen Sie vorsichtshalber die Geschütze besetzen. Mr. Nutton, bereiten Sie unser Erkennungssignal und das heutige britische Geheimsignal vor." Das Wort briti-

199

sche betonte Henry extra, denn zuletzt hatten die Signal-
fähnriche immer mit dem erbeuteten Codes der Franzosen
zu tun und die Salve eines britischen Kriegsschiffs wollte
Henry ganz sicher nicht einstecken.

Das entgegenkommende Schiff drehte leicht bei, um so
seine Breitseite besser einsetzen zu können, doch der Aus-
tausch der Signale stellte seinen Kommandanten zufrieden
und die Kanonen wurden nicht ausgefahren. „Das müsste
die *Lion* sein", vermutete Mr. Ellis. „Ja Sir, sie haben die
Kennung der *Lion* gehisst", bestätigte Mr. Nutton dienst-
eifrig. Ein weiteres Signal stieg an der Besanrah der *Lion*
empor. „Kommandant an Bord kommen", meldete Mr.
Nutton.

Kurze Zeit später begrüßte Captain Manley Dixon Henry
du Valle an der Gangway. Beide kannten sich seit einem
Jahr. Damals lag die *Lion* in Gibraltar, als Henry du Valle
von Admiral Nelson Geschwader bei Sardinien zurückkehrte.

„Willkommen an Bord, Captain du Valle", sagte Captain
Dixon, „Sie haben ja viel erlebt seit wir uns zuletzt trafen."
„Ja, Sir, ich war ziemlich viel unterwegs", antwortete
Henry du Valle. „Und wie ich hörte, fanden Sie außerdem
Zeit für eine Hochzeit", meinte Captain Dixon mit einem
Lächeln.

Er bat Henry du Valle in seine Kajüte, wo schon ein Imbiss
vorbereitet war. „Ich hoffe, Sie essen eine Kleinigkeit mit
mir. Da kann man sich viel zwangloser unterhalten", sagte
Captain Dixon. „Danke Sir, mit Freuden. Irgendwie habe
ich heute das Frühstück versäumt, während wir Fort
Aboukir und Alexandria passierten", antwortete Henry.

„Hatten Sie Feindkontakt?", fragte Captain Dixon. „Nein Sir, zuletzt hatten wir gestern ein kurzes Feuergefecht mit einer Schebecke südlich von Jaffa. Seitdem hatten wir keine echte Feindsichtung, bis auf ein kleines Kanonenboot bei Aboukir. Der Hafen von Alexandria ist ziemlich leer. Es gibt zwar zwei oder drei französische Fregatten im Gebiet zwischen Akkon und Alexandria, doch momentan fehlt von ihnen jede Spur", berichtete Henry. „Apropos Akkon, wie ist die Lage dort?", hakte Manley Dixon nach. „Seit der türkische Entsatz in Akkon eingetroffen ist, hat sich die Lage stabilisiert. Sir Sidney wird die Stadt halten. Da bin ich mir inzwischen sehr sicher", erzählte Henry du Valle. „Wie sieht es mit unseren Verlusten aus?", hakte Captain Dixon nach. „Die schwersten Verluste hatten bisher die Hilfstruppen des Paschas, aber wir haben vor allem sehr hochrangige Verluste zu verzeichnen, wie Colonel Phélippeaux von den Royal Engineers, Major Oldfield von der *Theseus*, Captain Wilmot von der Alliance und zuletzt Captain Miller von der *Theseus*", antwortete Henry du Valle.

„Oh, ich habe Captain Wilmot erst vor einigen Wochen kennengelernt. Und gehörte Captain Miller nicht zum Bruderbund um Lord Nelson?", war Manley Dixon sichtlich betroffen. „Ja, diese Verluste haben mich auch sehr getroffen", sagte Henry. Captain Dixon erhob sein Weinglas und sagte: „Lassen Sie uns auf unsere toten Kameraden trinken." „Auf unsere toten Kameraden, mögen sie in Frieden ruhen", erwiderte Henry.

Nachdem sie gegessen und die Flasche Rotwein geleert hatten, wechselte Captain Dixon das Thema. „Sicherlich fragen Sie sich, was mich nach Alexandria führt", sagte er.

„Ja, Sir." „Einerseits soll ich den Nachschub für die französische Ägyptenarmee stören und andererseits habe ich Post für Sir Sidneys Geschwader", fuhr Captain Dixon fort. „Sie haben Post für uns?", fragte Henry du Valle fast ungläubig, „Seit die Belagerung begann habe ich keine Post mehr erhalten." „Dann wird es Sie freuen, zu hören, dass wir allein für die *Mermaid* mehrere Postsäcke an Bord haben."

Endlich Post! Henry konnte sein Glück kaum fassen, als er von Bord der *Lion* ging und die vielen Postsäcke in der Kommandantengig liegen sah. „Drei Säcke sind für uns bestimmt, Sir", meldete Charlie Starr.

Die Kommandantengig flog förmlich über das Wasser, denn es gab nur wenige Männer auf dcr *Mermaid*, die keine Post aus der Heimat erwarteten. Sobald Henry wieder an Bord war, verabschiedete sich die *Lion*, die wieder Kurs auf Malta nahm und Henry ging unter Deck, wo er ungeduldig auf die Postsäcke wartete.

44

Endlich erschien Leutnant Townsend, gefolgt von drei Seeleuten mit Postsäcken auf dem Rücken, in der Tageskajüte. Gemeinsam erbrachen sie die Siegel und schütteten die Säcke auf dem Tisch aus. Dann wurde sortiert. Die amtliche Post wurde separiert. Das waren vor allem Meldungsanforderungen von den verschiedenen Abteilungen der Admiralität. Einige dieser Briefe würde Henry später an Joseph Townsend und den Zahlmeister weiterleiten.

Andere Briefe waren für den Stückmeister, den Zimmermann und den Bootsmann bestimmt. Hier ging es vor allem um Verbrauchsmeldungen. Die Beamten in Whitehall wollten beschäftigt sein und so gab es neben der eigentlichen Flotte eine mindestens ebenso große Papierflotte.

Daneben sortierte Henry du Valle auch seine Privatpost aus. Auch dieser Stapel wurde immer höher. Neben Briefen von Annika und seinen Eltern gab es hier auch Abrechnungen seines Prisenagenten, Briefe von seinen Bankiers und die letzten Ausgaben der Navy Liste.

Endlich war alles sortiert. Joseph Townsend verteilte die Post an die Mannschaft und machte einen kleinen Postsack für die *Marie-Rose* fertig. In England war Leutnant Larkins erstes Kommando noch unbekannt und so war alle Post an die *Mermaid* gerichtet.

Henry du Valle zog sich mit seinen Briefen in die große Kajüte zurück. Jetzt galt es zunächst, Annikas Post chronologisch zu ordnen. Wie oft hatte Henry erlebt, dass Bordkameraden schier verzweifelten, wenn sie Post von zu Hause erhielten und der zeitliche Ablauf nicht zu erkennen war. Henry hatte Glück, denn Annika war die Tochter eines Seemanns. Für sie war es selbstverständlich, ihre Briefe zu nummerieren. So konnte sie Henry in der korrekten Reihenfolge öffnen und lesen.

In den ersten Briefen schrieb Annika über ihren Trennungsschmerz und wie sie jeder Winkel von Knights Manor an Henry erinnerte. Zugleich schrieb sie über den Garten, der mit jeder Woche schöner blühte. Später klagte sie über Unwohlsein. Hatte Mildred Rooney etwa aus Versehen giftige Kräuter in die Gemüsesuppe getan? Auch im nächsten Brief ging es Annika nicht besser. Immer wieder trat diese Übelkeit auf und sie klagte darüber, dass Mutter Hanssens Kräutertee überhaupt nicht zu wirken schien. Henry machte sich ernsthafte Sorgen. Ihn beruhigte nur die Tatsache, dass noch weitere Briefe von Annika darauf warteten, von ihm gelesen zu werden.

„Sir, Segel in Sicht", meldete Mr. Riker. Henry hatte die Meldung des Ausgucks nicht durch das Oberlicht gehört und schreckte ein wenig auf. Nur widerwillig ließ er Annikas Briefe liegen, um sich wieder dem Alltag zu widmen.

„Was gibt es, Mr. Lewis?", fragte er den Steuermannsmaat, der die Wache hatte. „Segel in Sicht, Sir, vier Strich an Backbord", antwortete Mr. Lewis. „Wer sitzt im Ausguck?" „Sean Rae, Sir."

„Sean, was siehst Du?", preite Henry du Valle den Ausguck an. „Ich sehe einen Zweimaster, Sir, eine Brigg oder eine Schnau", antwortete Sean Rae. Henry du Valle nickte zufrieden. Entweder war es ein Brite oder dieser Zweimasten war der *Lion* knapp entgangen.

„Mr. Walters, signalisieren Sie der *Marie-Rose*, Zweimaster an Backbord in Sicht, auf Abfangkurs gehen. Mr. Miles, alles bereitmachen zum Kurswechsel nach Backbord", befahl Henry. Wenig später nahm die *Mermaid* Kurs auf den Zweimaster. „Soll ich gefechtsbereit machen, Sir?", fragte Leutnant Townsend. „Ja, machen Sie das", antwortete Henry du Valle.

Bald konnte man auch von Deck aus sehen, wie der Zweimaster über die Kimm kam. Henry du Valle musterte ihn durch sein Fernrohr. Das war eine schmucke kleine Brigg.

Wie *Mermaid* und *Marie-Rose* segelte sie unter französischer Flagge. Auf der Brigg war man völlig arglos. Ihr Kommandant ließ sogar Kurs auf die *Mermaid* nehmen. Schließlich hisste die Brigg den Erkennungscode. *Mermaid* und *Marie-Rose* antworteten ordnungsgemäß. Als sich die Brigg in Reichweite der Karronaden befand, ließ Henry du Valle die Trikolore niederholen und die britische Flagge hissen. „Mr. Potter, feuern Sie einen Schuss vor den Bug ab", befahl er. Der Geschützmeister feuerte das Steuerbordjagdgeschütz ab. Die Kugel landete knapp vor dem Bug der Brigg. Die Brigg antwortete mit einem Schuss nach Backbord und holte sofort ihre Flagge ein.

„Mr. Townsend, bitte nehmen Sie die Prise in Besitz", befahl Henry du Valle. Leutnant Townsend salutierte und stelle sofort eine Prisenbesatzung zusammen, die mit dem roten Kutter übersetzte. An Bord der Brigg ging der Besitzerwechsel rasch vonstatten.

Wenig später kam Leutnant Townsend mit dem französischen Kapitän zurück. „Sir, gestatten Sie, dass ich vorstelle, Kapitän Foudre vom französischen Freibeuter *Espoir*. Kapitän, das ist Captain du Valle von seiner Majestät Sloop *Mermaid*", sagte er. „Sehr angenehm, Kapitän Foudre, speisen Sie heute Abend mit mir?", antwortete Henry du Valle. Kapitän Foudre verneigte sich zustimmend, war aber offensichtlich von Henrys französischem Namen überrascht. Dann sagte Henry zu Leutnant Townsend: „Bringen Sie den Kapitän in Ihrer Kammer unter und kehren Sie auf die *Espoir* zurück. Ich möchte, dass Sie dort das Kommando übernehmen." Leutnant Townsend lächelte hocherfreut. Dann ging er mit dem Gefangenen unter

Deck, um ihm seine Kammer zu zeigen und seine Sachen für den Transfer auf die *Espoir* vorzubereiten.

Henry freute sich, seinem Freund ein erstes Kommando auf so einer schmucken Kanonenbrigg verschafft zu haben. Doch es zog ihn wieder zurück in seine Kajüte, zu Annikas Briefen, denn er wollte ja endlich wissen, ob endlich eine Besserung eingetreten war.

Der nächste Brief brachte die Aufklärung. Annika schrieb:

Mein geliebter Henry, sicherlich bist Du furchtbar beunruhigt, weil sich mein Gesundheitszustand einfach nicht bessern wollte. Mir selbst ging es nicht anders, obwohl meine Mutter immer wieder sagte, dass ich keinen Grund zur Beunruhigung hätte. Schließlich wollte ich endlich Gewissheit haben und ließ Doktor Phelps aus Deal kommen.

Was soll ich sagen, er fand meinen Zustand vollkommen natürlich für eine Frau, die guter Hoffnung ist. Ja, es ist tatsächlich wahr, wir bekommen ein Kind…

An dieser Stelle machte Henrys Herz einen gewaltigen Sprung und er ließ den Brief sinken. Er wurde Vater! Eigentlich konnte er es noch überhaupt nicht fassen. Und er war auf dem Rückweg nach Akkon, statt unter vollen Segeln nach Westen zu eilen. Old Jarvie pflegte ja zu sagen, dass ein verheirateter Mann für die Navy verloren sei. Eigentlich hatte der alte Admiral Unrecht, ein verheirateter Seemann war für seine Familie verloren.

45

Da die *Mermaid* neben Leutnant Townsend auch noch Mr. Lewis als diensttuenden Master an die *Espoir* abgegeben hatte, war die Personaldecke an Bord der Mermaid inzwischen so dünn, dass sich Henry du Valle wieder gezwungen sah, ebenfalls Wache zu gehen. So stand er in der Abenddämmerung auf seinem Achterdeck und beobachtete wie *Espoir* und *Marie-Rose*, letztere in Küstennähe, in einer weit auseinandergezogenen Dwarslinie das Mittelmeer durchpflügten. Falls der Westwind durchstand, würde Akkon im Laufe der Nacht erreicht werden. Dort hoffte Henry du Valle, einen neuen Leutnant für die *Mermaid* zu bekommen, denn keiner seiner verbliebenen jungen Gentlemen hatte bisher die Leutnantsprüfung abgelegt.

Wie auf der Fahrt nach Alexandria erschien das Meer auch heute wieder wie leergefegt. Henry konnte sich das kaum erklären, denn General Bonapartes Armee hatte einen ständigen Bedarf an Nachschub aller Art. Vielleicht waren die Lager in Alexandria inzwischen so leer, dass man sich gezwungen sah, den Nachschub aus dem blockierten Malta oder sogar aus Italien oder Frankreich zu beschaffen.

Mr. Ellis kam an Deck, um die Wache zu übernehmen und riss Henry du Valle aus seinen Überlegungen. Während Henry unter Deck ging, wurde es dunkel, aber bald würde der fast volle Mond aufgehen. Wegen der Wache hatte Henry nicht zur gewohnten Zeit speisen können, weshalb nun Jeeves mit dem Dinner wartete. Kapitän Foudre wurde hinzugebeten, so dass Henry seine Mahlzeit nicht in völliger Isolation einnehmen musste.

Da Kapitän Foudre nicht der Eigner des Freibeuters *Espoir* war, hielt sich seine Trauer wegen der Gefangennahme in Grenzen, so dass Henry in ihm einen angenehmen Tischgenossen hatte, zumal die Unterhaltung in französischer Sprache geführt werden konnte. So erfuhr Henry, dass sein Gefangener aus Saint Malo stammte und somit fast ein Nachbar zu seiner alten Heimat Guernsey war. Es stellte sich sogar heraus, dass sich beide Männer schon einmal feindlich gegenübergestanden hatten, als Henry noch als Midshipman auf dem Lugger *Aristocrate* diente.[43] „Zum Glück haben unser beider Kanonen damals nicht so genau geschossen, dass einer von uns damals zu Schaden kam", sagte Kapitän Foudre lachend. „Darauf möchte ich trinken", antwortete Henry und erhob sein Glas. Nach dem Essen empfahl sich Kapitän Foudre und kehrte in seine Kammer zurück. Henry ging ebenfalls zu Bett, denn 4.00 Uhr morgens war er mit der Morgenwache an der Reihe.

Henry du Valle musste nicht geweckt werden, weil ferner Donner erst ein wenig und dann immer stärker in sein Unterbewusstsein drang, bis er aufschreckte. Tatsächlich, in der Ferne war Donner zu hören. Rasch zog sich Henry seine Stiefel an und ging an Deck, wo ihn Mr. Nutton erwartete.

„Was ist das für ein Donner?", fragte Henry, denn ein Blick nach oben hatte ihm einen klaren Sternenhimmel gezeigt. „Ich bin mir nicht sicher, Sir, es scheint aus Richtung Akkon zu kommen, denn ab und zu ist da auch eine Art Wetterleuchten zu sehen", antwortete Mr. Nutton. „Auf jeden Fall werden Sie mich in Zukunft wecken, wenn es

---

[43] Siehe Band 1: Korsaren und Spione

irgendwelche unerklärliche Erscheinungen gibt, denn im schlimmsten Fall könnte es sich um ein rasch heranziehendes Unwetter handeln", sagte Henry. „Aye Sir, es tut mir leid."

Mittlerweile hatte Henry das Geräusch identifiziert. Es handelte sich ohne jeden Zweifel um Kanonendonner. In Akkon wurde also wieder einmal gekämpft. Trotzdem ermahnte Henry den Ausguck zu ganz besonderer Aufmerksamkeit, denn für einen kurzen Moment kam ihm der Gedanke, dass ja ein französisches Geschwader vor Akkon eingetroffen sein könnte und sich ein Gefecht mit Sir Sidney Smiths Geschwader lieferte. Das wäre auch eine Erklärung für das Verschwinden der beiden französischen Fregatten.

Während Henry auf dem Achterdeck hin und her wanderte, begann an Bord der *Mermaid* ein neuer Tag. Die Freiwächter wurden geweckt, die Hängematten zusammengerollt und in den Finknetzen rechts und links des Achterdecks verstaut. In einem Gefecht sollten sie dort den Männern auf dem Achterdeck ein wenig Schutz bieten. Dann wurde eimerweise Wasser auf den Decksplanken ausgeschüttet und die Freiwächter schruppten das Deck mit ihren, Gebetsbücher genannten, Scheuersteinen.

Es war noch immer dunkel, doch langsam deutete sich der neue Tag im Osten an. Der ferne Gefechtslärm ließ Henry weiterhin keine Ruhe. Er nahm sein Fernrohr und enterte zur Fockbramsaling auf. O'Brian hatte hier Wache. Henry nickte dem Iren kurz zu und nahm dann neben ihm auf einem zusammengerollten Tau Platz. „Kann man irgendwas sehen?", fragte Henry. O'Brian schüttelte mit dem

Kopf und sagte: „Nix sehen, nur hören. Schwere Kanonen, Mörser." Auch nach einem Jahr an Bord der *Mermaid* fiel es O'Brian schwer, Englisch zu sprechen. Er war nicht der einzige Ire an Bord und obwohl es streng verboten war, unterhielten sie sich immer noch auf Gälisch. Das war für das Erlernen der englischen Sprache natürlich nicht gerade hilfreich.

Geduldig suchte Henry den Horizont ab, doch es war trotz der Lichtblitze noch zu dunkel, um Einzelheiten zu erkennen. Also hieß es, vorerst noch zu warten. Immerhin war er sich jetzt sicher, dass der Ursprung an Land zu suchen war, denn den Anblick in der Dunkelheit abgefeuerter Breitseiten kannte er seit Aboukir ganz genau.

Langsam schob sich die Sonne als roter Ball über den östlichen Horizont und es wurde ganz schnell hell. Inzwischen hatte sich die *Mermaid* Akkon schon so weit genähert, dass Henry durch sein Fernrohr Einzelheiten an Land erkennen konnte. Die französische Artillerie beschoss Akkon und doch war es anders als sonst. Der Beschuss galt nicht den Befestigungsanlagen, sondern der Stadt selbst. Wollte General Bonaparte so die Moral der Verteidiger brechen?

„Sir! Sir!", rief O'Brian aufgeregt und zupfte an Henrys Ärmel. Erstaunt drehte dieser sich um und folgte O'Brians rechter Hand, die zum Ufer vor der Stadt zeigte. Was er sah, war schier unglaublich. Die Franzosen stießen Kanonen von einem Steilufer ins Meer!

46

Am 21. Mai 1799 endete die Belagerung von Akkon. General Bonaparte sah sich zu diesem Schritt gezwungen, weil im französischen Feldlager die Pest ausgebrochen war, was zu einer erheblichen Schwächung der eigenen Kampfkraft führte, während die Verteidiger von Akkon durch die türkischen Entsatztruppen, bei denen es sich um Eliteeinheiten handelte, stärker denn je waren.

Die eigene Schwäche war auch der Grund, weshalb sich die französische Armee außer Stande sah, auf ihrem Rückzug nach Ägypten die Belagerungsartillerie mitzunehmen. Deshalb befahl General Bonaparte in der Nacht des Rückzugs, die Munitionsvorräte zu verschießen, und die Geschütze ins Meer zu stoßen, damit sie dem Feind nicht in die Hände fielen. Später entstand die Legende, dass General Bonaparte mit dem letzten Kanonenschuss seinen Hut nach Akkon befördern ließ, „damit wenigstens ein Teil von ihm in die Stadt käme".

So endete die Belagerung der alten Kreuzfahrerstadt Akkon nach sechzig Tagen mit einem Sieg der Royal Navy. Es sollte der einzige Sieg bleiben, den die Royal Navy gegen Napoleon Bonaparte persönlich errang. General Bonaparte verlor bei der erfolglosen Belagerung nicht nur rund ein Drittel seiner Armee in Folge der Kampfhandlungen und durch Krankheiten, er musste auch seinen Traum begraben, als ein zweiter Alexander Asien zu erobern.

Als die *Mermaid* die Reede von Akkon erreichte, wusste man in der Stadt bereits vom Rückzug der Franzosen. In der ganzen Stadt feierte man den Sieg, hauptsächlich indem Gewehre und Pistolen in die Luft abgefeuert wurden.

Henry du Valle wartete vergeblich darauf, aufs Flaggschiff gerufen zu werden, da Sir Sidney Smith im Serail bei Jazzar Pascha weilte, wo eine große Siegesfeier stattfand. Erst in der Nacht kehrte der Kommodore auf die *Tigre* zurück und erst am nächsten Morgen befahl er Henry du Valle zu sich.

Sir Sidney Smith war bester Laune, als er Henry du Valle mit allen Ehren empfing. Er beglückwünschte Henry zu seiner Prise und bestätigte seine Entscheidung, sie Joseph Townsend zu übergeben. Er konnte auch mit einem Master dienen, so dass Mr. Lewis auf die *Mermaid* zurückkehren konnte. Der zweite Master der *Theseus* wartete schon lange auf die Gelegenheit, ein Schiff als Master zu übernehmen.

Auch einen Leutnant hatte Sir Sidney Smith parat: „Henry, was halten Sie von Leutnant Stokes?" „Ein guter Mann. Wir haben zusammen am Nordostturm gekämpft", antwortete Henry. „Ist sein Alter kein Problem? Immerhin ist er älter als Sie", fragte der Kommodore nach. „Damit habe ich kein Problem und wie ich Leutnant Stokes erlebt habe, er auch nicht", sagte Henry du Valle. „Damit ist das geklärt", stellte Sir Sidney Smith zufrieden fest, „Leutnant Stokes gehört zu den vielen ausgezeichneten Seeleuten, deren Karriere nicht so recht vorankommt, weil es ihnen an Protektion fehlt. Für Männer wie ihn sind kleine Schiffe die einzige Möglichkeit, sich auszuzeichnen." Der Kommodore durchsuchte kurz die vor ihm liegenden Papiere und zog einen Umschlag hervor, den er Henry hinhielt. „Kommen wir jetzt also zu Ihren Befehlen, Henry", fuhr er fort, „Ich möchte, dass Sie meine Siegesnachricht nach London bringen. Zuvor müssen Sie natürlich bei Lord Nelson und dem Earl St. Vincent vorsprechen." „Ich weiß gar nicht, wie ich Ihnen danken soll, Sir", sagte Henry, „Erst gestern erhielt ich die Nachricht, dass meine Frau guter Hoffnung ist und nun zieht es mich mit jeder Faser nach England." „Tatsächlich!", rief Sir Sidney Smith erfreut aus, „Das muss aber gebührend gefeiert werden!"

Der Kommodore ließ seinen besten Rotwein servieren und Leutnant Wright rufen. Zu dritt stießen die alten Bordkameraden auf Annika und den zu erwartenden Nachwuchs an. Erst spät am Abend kehrte Henry auf die *Mermaid* zurück. Beim Abstieg in die Kommandantengig und dem Aufstieg aufs Deck der *Mermaid* musste ihm Charlie Starr behilflich sein.

Am nächsten Morgen meldete sich Leutnant John Stokes an Bord der *Mermaid*. Er war entzückt, auf eine Sloop versetzt worden zu sein, denn Fregatten und Sloops boten die Chance auf unabhängige Einsätze mit der Möglichkeit, sich auszuzeichnen, und Prisen zu erobern.

Da Sir Sidney Smith noch an seinen Berichten an Lord Nelson, den Earl St. Vincent und die Admiralität saß, hatte Henry du Valle genügend Zeit, ein Abschiedsdinner zu geben. Dazu lud er Joseph Townsend, Leutnant Larkin und Leutnant Wright als alte Freunde und Kampfgefährten ein und auch Leutnant Stokes wurde hinzugebeten. Es wurde ein fröhlicher Abend, in dessen Verlauf Joseph Townsend seinen jetzt ehemaligen Kommandanten beiseite nahm und grinsend meinte: „Zum Abschied verrate ich Dir noch ein Bordgeheimnis: Weißt Du eigentlich, was die Mannschaft der *Mermaid* den Kommandantensitz nennt?" Irritiert schaute Henry seinen Freund nur fragend an. Der schlug ihm lachend auf die Schulter und prustete: „Die

Fockbramsaling natürlich. So oft, wie Du da oben hockst…" Nun musste auch Henry lachen. „Danke für dieses Abschiedsgeschenk, mein Lieber. Du kannst Dir sicher vorstellen, wie oft ich in Zukunft an Dich denken werde", sagte er.

Kurz vor dem Einsetzen der Dämmerung trafen die Befehle und die Post von Sir Sidney Smith ein. Henry verabschiedete gerade seine Gäste und sah nun die Chance, sofort auslaufen zu können. Durch den häufigen Landkontakt der letzten Wochen waren die Vorräte an Bord aufgefüllt.

Der Anker wurde gelichtet und die *Mermaid* lag beigedreht. „Mr. Walters, signalisieren Sie dem Flaggschiff: Erbitten Erlaubnis, das Geschwader zu verlassen", befahl Henry. Das entsprechende Signal wurde gesetzt und kurz darauf meldete Mr. Walters: „Flaggschiff hat bestätigt, Sir."

„Wir laufen aus. Mr. Stokes, würden Sie uns bitte aus dem Hafen bringen", sagte Henry du Valle. Der Leutnant bestätigte und gab die entsprechenden Befehle an den Bootsmann und den Quartermaster, der am Ruder stand. Henry du Valle und Mr. Ellis hielten sich etwas abseits und schauten zu. Notfalls wären sie bereit gewesen, einzugreifen, doch Leutnant Stokes gab ruhig und besonnen seine Kommandos.

Während die *Mermaid* unter sich entfaltenden Segeln Akkon verließ, wurde der Abschiedssalut für die Flagge des Kommodore geschossen. Henry blickte zurück und sah, wie Akkon in der hereinbrechenden Dunkelheit rasch verschwand. Er war froh, diese Stadt endlich hinter sich lassen zu können und würde sie ganz sicher nicht vermissen. Zu viele Freunde und Kameraden waren hier gefallen. Doch das war nun Vergangenheit und vor ihnen lag der Weg zurück nach England und zu Annika.

Ende

Nachwort

Die Belagerung Akkons war ein Wendepunkt des von Napoleon Bonaparte geführten Ägyptenfeldzuges, und es war ausgerechnet die Royal Navy, die den Plan des aufstrebenden Generals durchkreuzte. Nur wenige Monate nach der Vernichtung der französischen Mittelmeerflotte durch ein von Konteradmiral Sir Horatio Nelson geführtes Geschwader, was die französische Armee weitgehend vom Nachschub aus der Heimat abschnitt, sah sich General Bonaparte nun gezwungen, seinen Marsch nach Norden aufzugeben, weil die kleine Festung Akkon seiner Belagerung standhielt.

Noch Jahre später ließ Napoleon Bonaparte die Erinnerung an diese Niederlage nicht los. Nach der Dreikaiserschlacht bei Austerlitz[44] erklärte er rückblickend: „Hätte ich es geschafft, Akkon zu erobern…hätte ich den Krieg gegen die Türken mit arabischen, griechischen und armenischen Truppen beendet. Statt einer Schlacht in Mähren hätte ich eine Schlacht bei Issos[45] gewonnen. Ich hätte mich zum Kaiser des Osten gemacht und wäre über Konstantinopel nach Paris zurückgekehrt."

Und auch Sir Sidney Smith blieb ihm im Gedächtnis. Als er sich während seiner Verbannung auf der Atlantikinsel St. Helena mit seinen Memoiren beschäftigte, sagte er über ihn sinngemäß: „Dieser Mann verhinderte, dass ich meine

---

[44] Napoleons größter Sieg gegen österreichische und russische Truppen am 2. Dezember 1805
[45] Im Jahr 333 vor Christus besiegte Alexander der Große die Perser in einer Entscheidungsschlacht

Bestimmung erfüllte." Rückblickend betrachtete er ausgerechnet Sir Sidney Smith als seinen gefährlichsten Gegner. Dabei hatte es dieser umtriebige Offizier in den eigenen Reihen nicht gerade leicht. Bereits die Tatsache, dass er im Schwedisch-Russischen Krieg auf schwedischer Seite gekämpft hatte, während viele andere britische Marineoffiziere in russischen Diensten waren, verschaffte ihm ettliche Feinde. Hinzu kam, dass die meisten Vorgesetzten sein initiativreiches Handeln oft als Eigenmächtigkeiten kritisierten. Seiner Popularität in der britischen Öffentlichkeit tat das jedoch keinen Abbruch, wenngleich er meist im Schatten Nelsons stand.

Wie in den vorherigen Bänden der Henry du Valle-Reihe war ich bemüht, die Abenteuer meines Helden in reale Ereignisse einzubinden. So haben alle in der Handlung auftretenden Personen, mit Ausnahme der Besatzungsmitglieder der Mermaid und der sizilianischen Adelsfamilie Maletta tatsächlich gelebt.

Bei Colonel Antoine de Phélippeaux habe ich die Umstände seines Todes etwas dramatischer gestaltet. Die Todesursache ist zwar etwas unklar, jedoch starb er in Wahrheit im Krankenbett, was seine entscheidende Rolle bei der Verteidigung Akkons jedoch nicht schmälert. Ansonsten wurden die Ereignisse um die Belagerung von Akkon anhand von John Barrows im Jahr 1848 erschienener Biografie *The Life and Correspondence of Admiral Sir William Sidney Smith* sowie mit Hilfe zeitgenössischer Zeitungsberichte gestaltet.

Lord Nelson befand sich zur Zeit der Handlung dieses Romans bereits in seiner berühmt-berüchtigten Phase der Sizilianisierung, in der er nach Meinung der meisten Historiker und auch vieler seiner Zeitgenossen sehr stark unter dem Einfluss von Lady Emma Hamilton und des neapolitanisch-sizilianischen Königshauses stand. Viele seiner damaligen Handlungen werden unter diesem Aspekt sehr kritisch betrachtet. Meiner Meinung nach war das aber nur ein Teil der Wahrheit, der andere Teil ist die durchaus zutreffende Einschätzung Lord Nelsons, was die strategische Bedeutung Siziliens für die Royal Navy und damit Großbritanniens betraf.

Abschließend möchte ich mich bei Allen bedanken, die mir bei der Arbeit an diesem Buch geholfen haben. Vor allen anderen sei an dieser Stelle Ulli Hainsch genannt, der mir wieder mit Rat und Tat zur Seite stand. Danke.

Henry du Valle und seine *Mermaid* sind nun auf dem Weg nach England. Eigentlich könnte die Geschichte hier enden, doch ich habe das Gefühl, dass noch einige Abenteuer auf meinen Helden warten, die es wert sind, erzählt zu werden.

Mirco Graetz